Otto Roquette

Ein Baum im Odenwald

Otto Roquette

Ein Baum im Odenwald

ISBN/EAN: 9783743675155

Hergestellt in Europa, USA, Kanada, Australien, Japan

Cover: Foto ©Andreas Hilbeck / pixelio.de

Weitere Bücher finden Sie auf **www.hansebooks.com**

Ein Baum im Odenwald.

Novelle

von

Otto Roquette.

Breslau.
Druck und Verlag von S. Schottlaender.
1884.

„Warum hat der Onkel so plötzlich das Zimmer verlassen?" — Die Gesellschaft richtete, gleich der jungen Fragerin, die Gesichter nach der Thür, welche sich hinter dem alten Herrn geschlossen hatte. Man schien nicht eben Gewicht auf sein Fortgehen zu legen, sondern wendete sich wieder zum Clavier, an welchem ein junger Mann saß, bereit, den Gesang der Uebrigen zu begleiten. Um ihn herum standen drei Mädchen und ein Jüngling, der für gewöhnlich Fritz, von den Eltern aber mit gerechtem Stolz gern „der Primaner" genannt wurde. Dieser nahm jetzt das Wort und rief: „Also vorwärts! Es steht ein Baum im Odenwald —"

„Herr von Hohnstein," begann eine der jungen Damen, „nehmen Sie eine andere Tonart. Für meinen Alt ist es zu tief gesetzt, Claras Sopran hat genug Höhe."

„Aber es ist doch merkwürdig," begann Clara, „daß der Onkel so plötzlich aufbricht in dem Augenblick, da wir den Baum im Odenwald beginnen wollen. Gerade wie gestern, ich habe es wohl beobachtet. Und heut' geschah es mit dem Ausdruck eines gewissen Mißbehagens!"

„Laß ihn doch!" sagte Fritz. „Er spottet gern über uns, daß wir sentimentale Lieder singen, wenn wir am vergnügtesten sind. Jetzt also — Es steht ein Baum — ja, soll ich denn meine Baßstimme solo singen?"

„Aber Sie haben ja weiter geblättert, Herr von Hohnstein!" rief Clara, indem sie auf die Noten blickte. „Schlagen Sie die Seiten nur wieder zurück!" Sie that es selbst, und zwar mit einer gewissen Hast, so daß die Blätter der Liedersammlung hin und her flogen, ohne das rechte Lied zu zeigen.

„Wir können es ja auswendig!" rief Fritz dazwischen. „Sollen wir denn heut' nicht dazu kommen, diesen Baum im Odenwald zu singen?"

Herr von Hohnstein aber blickte auf die kleine weiße Hand, welche geschäftig vor seinen Augen hin und her fuhr, und schien gar nicht Lust zu haben, ihr Einhalt zu thun. Endlich war das Lied gefunden. „Oder möchten Sie es dem Onkel nachthun?" fragte Clara mit leichtem Lächeln. „Ist Ihnen das Lied zuwider? Sie waren ja mit ihm auf einer Wanderung durch den Odenwald — richtig! Hat Ihnen der Baum etwa auch einen so unangenehmen Eindruck hinterlassen?"

„Welcher Baum?" fragte der junge

Mann, indem er sie mit ernsten Augen anblickte.

Clara stutzte und erröthete ein wenig. „Nun", entgegnete sie, „der Baum — von dem das Lied singt."

„Es stehen viele Bäume im Odenwald — allein, ja, einen weiß auch ich, unter dem ich etwas ganz Besonderes erfahren habe."

Clara fühlte sich eigenthümlich ergriffen durch den Ton und Ausdruck, mit welchem dieses Geständniß gegeben wurde, während die Blicke der beiden anderen Mädchen sich mit erwachender Neugier auf den Sprecher richteten. Dieser aber griff schnell in die Tasten und gleich darauf erscholl es in gemeinsamen Gesange:

>Es steht ein Baum im Odenwald
>Der hat viel grüne Aest',
>Da bin ich wohl vieltausendmal
>Mit meinem Schatz gewest.

Es sitzet auch ein Vogel drauf,
Der singt gar wunderschön.
Ich und mein Schatz wir hören drauf,
Wenn wir vorübergehn.

Und als ich wied'rum kam zu ihr,
Verdorret war der Baum,
Ein andrer Liebster stand bei ihr,
Oder war es nur ein Traum?

Der Baum, der steht im Odenwald,
Und ich bin in der Schweiz.
Da liegt der Schnee so kalt, so kalt,
Das Herze mir zerreißt.

So wurde das Lied hier gesungen, welches auch wohl in anderen Lesarten gedruckt zu finden ist. —

Inzwischen war der Onkel durch den Vorsaal in ein gegenüber liegendes Zimmer geschritten, in welchem zwei Männer beim Schachbrett, deren Frauen mit weiblicher Arbeit am Fenster saßen. Es waren zwei Familien aus Norddeutschland, mit einander verwandt und befreundet, welche hier in Jugenheim an der Bergstraße ein Landhaus gemiethet hatten, um gemeinsam die Sommerfrische zu genießen. Der schöne Gebirgsort am Rande des Odenwaldes, der hier mit seinem üppigen Buchengrün die Berge deckt, während gewundene Thäler nach verschiedenen Seiten in das Innere des Gebirges locken, gab täglich Gelegenheit zu Ausflügen und Wanderungen. Zu diesen beiden Familien war seit einigen Tagen, und nur zu einem kurzen Aufenthalt, ein Herr gekommen, Namens Humbert, welcher von der gesammten Jugend als Onkel bezeichnet werden durfte. Er hatte einen jungen Reisegefährten mitgebracht, der, bisher in diesem Kreise noch nicht bekannt, schnell ein Gegenstand der allgemeinen Theilnahme geworden war. Die Anziehung lag nicht allein in seinem ausdrucksvollen und angenehmen Aeußeren, wiewohl ihn dieses, verbunden mit gesellschaftlich untadelhafter Form, genügend empfahl. Noch sehr jung, zeigte er bereits ein reifes Urtheil und vielseitige Bildung, ja er hatte in Lebensjahren, die bei Aelteren noch zu den prüfungsvollen gehören, bereits alle Vorstufen überwunden, welche in die staatliche Laufbahn führen. Mehr aber, als diese Vortheile, wirkte ein gewisses geheimnißvolles Wesen, in welches er sich nicht sowohl einhüllte, das vielmehr als etwas Unwillkürliches von ihm ausging. Er war kein gewöhnlicher junger Herr, er lebte ein Innenleben für sich, es war etwas Besonderes in ihm, das empfanden oder sagten sich Alle. Der Onkel, welcher ihn genauer kennen mußte, gab auf mancherlei Fragen, die an ihn gerichtet wurden, nur kurze Antwort. Er habe Herrn von Hohnstein in Heidelberg getroffen, sei von dort aus mit ihm durch den Odenwald gewandert, und da er den Reisegefährten schätzen gelernt, habe er ihn mit nach Jugenheim gebracht und ihn bewogen, einige Tage in der Familie zu verweilen. Die Aelteren mußten sich damit begnügen, die Jüngeren fragten nicht viel nach seinen persönlichen Verhältnissen, sondern nahmen ihn als guten Genossen in ihren Kreis auf, den er durch seine Begabung zu beleben wußte. Heute schloß der Regentag die Gesellschaft enger in die Zimmer ein, daher denn der Gesang, den man sonst im Freien erschallen ließ, am Clavier geübt wurde.

Nicht lange nachdem Humbert sich zu den Aelteren gesellt hatte, kam auch die Jugend in das Zimmer gestürmt. „Der Onkel ist uns davon gelaufen, als wir den Baum im Odenwald zu singen anfingen!" rief eines der Mädchen. „Herr von Hohnstein schien das Lied auch überschlagen zu wollen. Was ist denn an unserm Lieblingsliede, das sich gerade hier im Odenwalde so hübsch singen läßt, plötzlich auszusetzen?"

Humbert warf seinem Reisegefährten einen Blick zu, den dieser mit einem Lächeln erwiderte, um dann neben Claras Mutter Platz zu nehmen und ein Gespräch mit ihr anzuknüpfen. Es wurde unterbrochen durch den Onkel, welcher begann: „Was ich an dem Liede auszusetzen habe? Wie lautet gleich die erste Strophe?" Sie wurde ihm hergesagt, und zwar durch drei Stimmen zu gleicher Zeit. „Halt!" rief er, da steckt es. Das Lied ist ebenso aufschneiderisch als unmoralisch!" Die jungen Leute sahen ihn erstaunt und fragend an, die Mütter aber erschraken fast, daß ihre Töchter ein unmoralisches Lied gesungen haben sollten, ein Lied, welches sie selbst doch genugsam kannten, und bisher für unverfänglich gehalten hatten.

„Da bin ich wohl vieltausendmal mit meinem Schatz gewest!" fuhr der Onkel fort. „Diese Zahl ist unerhört, die Unbestimmtheit derselben erregt dazu nicht geringe Bedenken. Der Mensch, welcher das Lied gemacht hat, bekennt sich nicht zu einem oder einigen

Stelldichein mit seinem Schatz, nein, er rühmt sich sehr tactlos, vieltausendmal mit dem Mädchen unter dem Baume gewesen zu sein. Sehen wir doch einmal zu, wie lange Zeit die Liebhaberei gedauert haben muß, bis er auch nur eintausend Zusammenkünfte mit ihr gehabt haben konnte. Das Jahr hat dreihundertfünfundsechzig Tage. Nehmen wir an, daß er alle Tage zum Stelldichein gegangen ist, auch im Winter bei Schnee und Glatteis, was im Gebirge etwas zu bedeuten hat, und dividiren wir diese Zahl in Tausend, so braucht er zwei Jahre und neun Monate um seine Eintausendmal zu Wege zu bringen. Redet er uns aber von zweitausendmal, so weisen wir ihm fünf Jahre und sechs Monate nach; verlangt er, daß wir dreitausendmal glauben sollen, so rechnen wir ihm vor, daß er das Mädchen acht Jahr, zwei Monate und zwanzig Tage lang unter den Baum bemüht hat. Er aber geht noch weiter und renommirt nicht von drei-, sondern von vieltausendmal —"

Ein Gelächter unterbrach den Sprecher. Die Mädchen schalten seine Berechnung prosaisch und häßlich, während der Primaner Notizbuch und Bleistift hervorzog, um dem Onkel nachzurechnen. Dieser aber fuhr fort: „Es ist aber nicht anzunehmen, daß ihm möglich gewesen, jeden Tag unter den Baum zu gehen zumal sie zuweilen verhindert sein konnte. Gestehen wir ihm aber wöchentlich dreimal sein Stelldichein zu, so bringt er es bei zweiundfünfzig Wochen im Jahr auf einhundertsechsundfünfzig Gänge, und um seine Eintausend herauszubekommen, braucht er sechs Jahre, zwei Monate, vier Tage; für zweitausendmal: zwölf Jahre, vier Monate, acht Tage; für dreitausendmal achtzehn Jahre, sechs Monate, zwölf Tage!"

Man lachte und wollte nichts weiter von den Zahlen hören. „Hast Du Alles so schnell im Kopfe berechnet, Bruder?" fragte Claras Mutter.

Humbert jedoch fuhr unbarmherzig fort: „Nun aber ist dreimal die Woche doch eigentlich auch schon mehr, als man annehmen kann. Sagen wir, er ist wöchentlich nur zweimal dagewesen — immer ein ganz reichliches Maaß! — so kommen für eintausendmal: neun Jahre, zwei Monate, vier Tage; für zweitausendmal: neunzehn Jahre und zwei Tage; für dreitausendmal: achtundzwanzig Jahre, zwei Monate und achtundzwanzig Tage heraus. Wie viel Jahre aber braucht dieser Mensch für auch nur eintausendmal, wenn man annimmt, daß die Zusammenkünfte unter dem Baum vielleicht nur im Sommer stattfinden konnten, daß die Liebenden für den Winter etwa ein anderes, weniger den Einflüssen der Witterung ausgesetztes Local gefunden hatten —"

„Onkel Humbert!" rief Fritz lebhaft da=

zwischen, „die Zeit kann auch eingeschränkt werden! Wenn er nämlich nicht täglich nur einmal, sondern jeden Tag zweimal oder dreimal dagewesen ist!"

„O Du heilloser Schlingel!" schrie der Onkel. „Welche ausschweifende Primanerphantasie! Das ist der richtige Uebergang von der bloßen Prahlerei dieses Liebes zu seiner Immoralität! Denn steht etwa darin zu lesen, daß der Mensch, welcher so viel Paar Stiefeln zerrissen hat bei seinen Wegen nach dem Baume, steht denn in dem Liede, daß er das Mädchen endlich auch geheirathet hat? Nein, über die Grenze, nach der Schweiz ist er davongegangen, und nun verspürt der Tölpel Reue. „Das Herze ihm zerreißt"! Was ist denn aber aus der bejahrten Creatur geworden, die er an der Nase herumgeführt hat?"

„Oh!" warf Fritz ein. „Muß er ihr davongegangen sein? Er war doch wohl nur auf der Wanderschaft und glaubte an ihre Treue. Aber er kehrte zurück, und sah mit Schrecken: „Ein andrer Liebster stand bei ihr" — so heißt es in dem Liede, und aus diesem Grunde ging er nach der Schweiz!"

„Immer besser und schlimmer! Immer gravirender für die Moralität! Diese ausbündige alte Person —!"

Jetzt aber stürzten sich die Nichten über den abscheulichen Onkel her, und hielten ihm scheltend den Mund zu, während Claras Mutter das Fenster öffnete und auf den Sonnenstrahl hinwies, der plötzlich durch die Wolken brach. In wenigen Augenblicken stand die Landschaft verklärt und vom Regen erquickt da, und der Sommertag versprach noch einige schöne Stunden. Schnell war die Jugend zum Spazierengehen gerüstet. Humbert folgte mit Claras Vater, die Uebrigen hatten die noch feuchten Wege zu scheuen, und zogen es vor, sich mit einem Gang auf dem Kies des Gartens zu begnügen.

Nachdem die Gesellschaft eine Strecke gegangen war, nahm Hubert den Arm seines Schwagers und bog mit ihm in einen Seitenweg zwischen Gartenhecken, der sich der Ebene zuwendete. „Laß die Jugend allein auf die Berge steigen!" begann er. „Ich möchte ungestört mit Dir reden — Dir etwas erzählen. In der That bin ich vorhin jenem Liede von dem Baum im Odenwald aus dem Wege gegangen, weil es gerade jetzt mich einigermaßen peinlich, jedenfalls ernst genug, berührte. Denn ich habe auch einen Baum im Odenwalde, an den sich traurige Erinnerungen knüpfen. Die Kinder, welche mich ahnungslos darüber zur Rede setzten, suchte ich durch Possen auf andere Gedanken zu bringen, Dir aber will ich doch eine alte Geschichte erzählen, zumal Du und Deine Frau voraussichtlich auch noch in Beziehung dazu treten könntet."

„Wir auch? Du machst mich neugierig!" entgegnete der Schwager.

„Wenn Du meine Erzählung bis zu Ende anhören willst, wirst Du mich verstehen," fuhr der Andere fort. „Laß mich zugleich etwas weit ausholen und ein wenig umständlich verfahren! Wir haben Zeit, und ich hoffe, meine Geschichte wird Deine Geduld nicht in Gefahr bringen.

Es sind fünfundzwanzig Jahre her, seit ich in Heidelberg die Universität besuchte. Schon damals sonderten mich meine naturwissenschaftlichen Studien häufig von den lebenslustigen Genossen ab. Wenn ich halbe Tage lang in einem alten Steinbruch umherstöberte und geologische Merkwürdigkeiten fand, an welchen Andere nichts Sonderliches entdeckten; oder wenn ich mit Pflanzenbündeln, die nicht nach Blumensträußern aussahen, von einem Ausflug heim kam; oder wenn ich die Taschen voll Schachteln trug, welche meine Ausbeute von Insecten bargen, so wurde ich vielfach ausgelacht und verspottet. Ich ließ mich das nicht anfechten, ging meiner Wege, lebte aber auch nicht durchaus einsiedlerisch. Ich hatte einen bestimmten Kreis, in dem es sonst lustig genug herging. Da machte ich eine Bekanntschaft, die ich nicht erwartet hatte, da der junge Mann, der sich mir aus freien Stücken näherte, einem Kreise angehörte, der sich sonst ziemlich ablehnend verhielt gegen Solche, die nicht Standesgenossen waren, oder mit seiner Corpsverbindung nichts zu thun hatten. Er war Freiherr, ich wußte, daß sein Erbgut nicht weit von meiner Vaterstadt lag, hatte auch durch meinen Vater schon allerlei über seine Familienverhältnisse erfahren. Daß der sonst sehr unzugängliche junge Mann im Stillen seine Blicke auch bereits auf mich gerichtet hatte, wäre mir freilich nicht in den Sinn gekommen.

Eines Tages hatte ich mich etwas weiter

von der Stadt in den Odenwald entfernt, und wanderte durch das Schönauer Thal zum Neckar zurück. Trotzdem ich alle Taschen voll von Steinen trug, fand ich am Wege immer noch etwas, um mit dem Hammer daran zu klopfen. So ganz vertieft war ich in meine Hämmerei, daß ich erschrak, als ich Jemand neben mir lachend meinen Namen rufen hörte. Der junge Freiherr, den ich mit seinem Vornamen Ansgar nennen will, stand neben mir, stellte sich mir mit ganz zutraulichem Gruße vor und befragte mich über meine eifrige Hantirung. Er gestand, daß er mich schon öfter in dieser Gegend beobachtet habe, und ließ sich von mir erklären und vorweisen, was ich in Händen hatte oder mit mir trug. Merkte ich gleich, daß er nur aus Höflichkeit einiges Interesse dafür zeigte, so konnte ich mich vor dem Entgegenkommen des von der Natur glänzend ausgestatteten jungen Mannes nicht verschließen. Er deutete darauf hin, daß wir Landsleute wären, und so fand sich manches Gemeinsame, was unsere Unterhaltung in Gang brachte. Zusammen schritten wir weiter. Mich wunderte nur, was er allein auf diesen Wegen getrieben, und woher er gekommen; denn wie aus der Erde gewachsen, war er plötzlich neben mir erschienen. Da das letzte Dampfschiff — heutzutage fährt keines mehr auf dem Neckar — schon abgegangen war, beschlossen wir, in Neckarsteinach zu übernachten, leerten eine Flasche nach der anderen, und wurden, für zwei Leute, die heute die ersten Worten getauscht hatten, ziemlich vertraut mit einander. Eine Grenze war aber doch, sowohl von meiner, wie von seiner Seite gezogen und bewahrt worden.

Fortan sahen wir uns öfter, obgleich wir den Ton jenes ersten fröhlichen Abends nicht wieder anschlugen. Ansgar besuchte mich zuweilen, wünschte mich zu kleineren Spazier=

gängen, etwa auf das Schloß oder nach der Stiftsmühle, abzuholen, die auch zuweilen ausgeführt wurden. Meine übrigen Genossen konnten sich in diese neue Freundschaft nicht finden. Sie begriffen nicht, wie ich mit einem Menschen verkehren könne, dessen stolzes, abstoßendes Wesen berüchtigt, dessen Lebensweise, Ansichten, Forderungen und Bedürfnisse von den meinigen so verschieden waren. Ich erfuhr nun erst allerlei, was ich früher nicht beobachtet hatte. Ansgar gab sein Geld ziemlich freiherrlich aus, und es wurden ihm starke Schulden nachgesagt. Ich aber wußte, daß sein Erbgut, ein Majorat, nicht in den besten Verhältnissen, ja, schon seit langer Zeit, mit Lasten aller Art stark überbürdet war. Mittlerweile bemerkte ich denn auch, daß Geldverlegenheiten ihn häufig verstimmten. Sein Vertrauen ging nicht so weit, mir dergleichen geradezu mitzutheilen, und ich fühlte keine Veranlassung, diese Dinge mit ihm zu besprechen. Aber auch gegen seine Corpskameraden schloß er sein Inneres wenig auf, er galt unter ihnen sogar für eine völlig unzugängliche Natur. Die äußerlichen Formen guter Kameradschaft verletzte er nicht; über sie hinaus bei ihm gedrungen zu sein, konnte sich keiner rühmen. Da seine Genossen gewohnt waren, daß er sich häufig absonderte, so wurde sein Verkehr mit mir anfangs weniger auffällig, dann aber, obgleich von Vielen mißbilligt, zu seinen übrigen ärgerlichen Sonderbarkeiten geschrieben. Und sonderbar war in der That Vieles an ihm, ja es ging ein Zug zum Abenteuerlichen durch sein Wesen, der zuweilen, wie aus einem Rückhalt hervorschießend, die abgeschlossene Vornehmheit auffallend durchbrach. Er konnte Behauptungen aufstellen, Lebenswünsche aussprechen, die in geradem Gegensatz zu seinen sonstigen Anschauungen und Vorurtheilen standen; er konnte aus einer ganz fröhlichen Stimmung heraus in plötzlichen Trübsinn verfallen und

ein tiefes Unbefriedigtsein mit dem Leben
aussprechen. Anfangs lachte ich ihn darüber
aus. Er nahm es übel, es kam aber doch
vor, daß er dann auch mit mir lachte. So
weit kannte ich ihn nun doch, daß ich seinen
Unfrieden mit sich selbst keiner zu frühen
Vergeudung seiner Kräfte zuzuschreiben hatte,
worauf überhaupt wohl Niemand gekommen
wäre, der diese von der Natur so bevor=
zugte Jünglingsgestalt betrachtete. Eher
wäre mir zuweilen eine gewisse zarte Scheu
den Frauen gegenüber an ihm aufgefallen,
und niemals habe ich ein cynisches Wort von
seinen Lippen vernommen. Aber seine häufigen
Verstimmungen fingen an mir lästig zu werden,
und ich ließ' ihn offen erkennen, daß er mich
dadurch langweile und beeinträchtigte. Dann
zog er sich kühl zurück, unsere Freundschaft
schien fast erloschen, wir gingen mit stummem
Gruß an einander vorüber, hatten einander
nichts mehr zu sagen. Immer aber war er

der Erste, welcher wieder anknüpfte. Dann stürmte er hastig in mein Zimmer, reichte mir die Hand, bat mich um Vergebung, schalt sich selbst, und wußte Worte zu finden, deren herzlichem Ausdruck nicht zu widerstehen war. Gleichwohl gingen wir nicht als die Untrennbaren einher, wie dies sonst wahl bei befreundeten Jünglingen der Fall ist. Jeder war durch seinen besonderen Kreis in Anspruch genommen, und es verging zuweilen eine Woche, daß wir nicht mit einander gesehen wurden.

Nun mochte es um die Mitte des Sommers sein, als ich mit einigen meiner Studiengenossen einen weiteren Ausflug in den Odenwald machte, über Schönau hinaus, nach dem höchst anmuthig malerischen Heiligenkreuz-Steinach. Ich hatte das Versprechen geben müssen, mich weder bei Steinen zu verweilen, noch durch Pflanzen oder Insecten aufhalten zu lassen. So wanderten wir ge-

trost über Berg und Thal, bei mancherlei
Gesang nach Art der Musensöhne. Der
Hauptspaß meiner Genossen war, mich auf
dieser Wanderung zu überwachen, denn unwillkürlich griff meine Hand bald nach rechts
bald nach links am Wege, wo mir etwas der
Untersuchung Werthes erscheinen wollte.
Dann wurde ich mit Gewalt zurückgehalten,
und es gab Gelächter und Possen den ganzen
Weg über. Während einer solchen Execution,
gegen die ich mich wehrte, und bei der es
lärmend genug herging, bemerkte ich plötzlich,
daß Jemand etwa fünfzig Schritte vor uns
herging, stehen blieb und sich umwendete.
Ich erkannte Ansgar und eilte auf ihn zu.
Da er das gleiche Ziel hatte, forderte ich ihn
auf, sich uns anzuschließen. Er warf einen
prüfenden Blick auf meine Gefährten zurück,
schien zu zögern, willigte aber doch ein und
ließ sich vorstellen. Wenig zur Freude aber
gereichte es mir, daß die Genossen nur zu

sehr merken ließen, wie unwillkommen ihnen der Zuwachs der Geselligkeit war. Scherz und Lachen hörte auf, man sonderte sich ab, und gab mir und Ansgar Gelegenheit, im Zwiegespräch weit voraus zu schreiten. Er hatte nicht seinen besten Tag, und da ich mir die Freiheit nahm, ihn zu fragen, ob ihn die Gesellschaft verstimme, in welcher er mich gefunden, entgegnete er: „Ja und Nein! Deine Leute sind weder unterhaltend noch höflich, doch ist das Angenehme an ihrer Unhöflichkeit, daß man sie leicht los wird. Für mich aber ist es vielleicht besser, daß ich den Weg nicht ganz allein gehe." Ich sah ihn fragend an. „Ich rede wohl einmal deutlicher!" fuhr er schnell fort. „Heut bin ich verstimmt über Nachrichten, die ich von Hause erhalten — was ich so „von Hause" nenne — von meinem Geschäftsführer, meine ich. Der Mensch hat mir zu wenig Geld geschickt —."

„Und Du hast zu viel ausgegeben!" fuhr ich ihm in die Rede. „Die alte Geschichte, die ich längst gemerkt habe, auch ohne Dein Vertrauen!"

„Du sollst es haben!" rief er und fing an zu lachen. „Nämlich das Vertrauen — denn das Geld ist zum größten Theil nicht mehr in meiner Tasche. Aber welcher Unsinn, sich darüber die gute Laune zu verderben — das willst Du doch sagen, und ich bin ganz Deiner Ansicht. Sieh' nur, wie wundervoll das Nest da im Thale liegt! — „Es steht ein Baum im Odenwald —" Er fing an zu singen und fröhlich wanderten wir unserem Ziele zu. Ich sah mich nach den übrigen Genossen um. Sie waren nicht zu sehen und mußten weit hinter uns geblieben sein.

So kamen wir nach Heiligenkreuz-Steinach, und schritten in den Garten des Wirthshauses, welches man damals vorwiegend besuchte. Kaum waren wir zehn Schritte gegangen, als um das Gebüsch herum, wie auf der Flucht, ein Mädchen stürzte und mit heftigem Anprall auf uns traf, so daß wir Beide unwillkürlich zugriffen, und sie festhielten. Hinter ihr her aber jagte ein junger Mann mit schwarzem Schnurrbart, der beinahe in gleicher Weise gegen uns geprallt wäre, sich aber, verblüfft über unsere Gegenwart, und in ziemlich komischer Stellung, noch zurück und aufrecht zu halten wußte. Das Mädchen war das blonde Bärbel, Aufwärterin im Wirthshause, eine uns wohlbekannte Person. Ihren Verfolger erkannte ich als einen jungen Serben, deren in jener Zeit viele ihre Studien in Heidelberg machten. Kaum hatte Bärbel uns erkannt, als sie hoch erröthend, sich von uns losmachte, und in's Haus eilte, während der Serbe halb lachend, aber doch verlegen uns begrüßte. „Spielerei! Hat nichts zu sagen! Scheues Ding das Mädchen! Nur Spaß!" sagte er in gebrochenem Deutsch, und machte Miene, sich uns anzuschließen. „Mein Herr, ich, kenne Sie nicht!" rief Ansgar ihm in seinem kältesten Ton entgegen und schritt an ihm vorüber. Der Serbe stellte sich uns in aller Form vor, und schien den unwiderleglich lächerlichen Eindruck, den er gemacht, durch einen angenehmen Gesprächston verwischen zu wollen. Er nannte sich Alexius Rudnik. Von mittelgroßer Gestalt, dunkler, fast orientalischer Gesichtsfarbe, schwarzen Haaren und Augen, hatte er ein so weiches Organ, sprach er in so sanftem Ton, hatte er in seinem Wesen, bei aller weltmännischen Manier, etwas so verbindlich Unterwürfiges, daß man diesem Gemisch widersprechender Züge gegenüber kein rechtes Zutrauen zu ihm fassen konnte. Ansgar verhehlte den Widerwillen gegen seine Annäherung auch gar nicht, und entgegnete die Vorstellung so oberflächlich vornehm, daß er seinen Namen kaum über die Lippen brachte. Der Serbe gab zu verstehen, daß er ihm ganz bekannt sei, und ließ sich durch die Ablehnung nicht zurückschrecken. „Herr Baron kennen das hübsche Mädchen auch?" begann er mit sanfter Zudringlichkeit.

Ich merkte wie bei Ansgar die Geduld riß. „In der That," entgegnete er, „das Mädchen zeigt Verstand, wenn es sich Ihren knabenhaften Scherzen zu entziehen sucht. Ich bekümmere mich um das Mädchen gar nicht; und um Sie auch nicht, mein Herr! Ich habe den Weg hierher nicht zurückgelegt, um Ihre angenehme Gesellschaft zu genießen!"

Nur ein leises Aufblitzen in den schwarzen Augen des Gegenüberstehenden machte sich bemerkbar, während er lächelnd und mit sanftem Tone entgegnete: „Mir um so angenehmer gewesen, des Herrn Baron Bekanntschaft gemacht zu haben." Höflich und sehr tief verbeugte er sich und verließ uns.

„Elender Gesell!" murmelte Ansgar, doch laut genug, um es aufmerksamen Ohren noch vernehmbar zu machen. — Wir nahmen in der Nähe des Hauses in einem Nebengange Platz, und gleich darauf erschien Bärbel, um uns zu bedienen. Sie war eine Verwandte des Wirthes, ein elternloses Kind, und nahm im Hause, wo bei der Arbeit zwischen Herrschaft und Dienerschaft kein sonderlicher Unterschied gemacht wurde, an der Bedienung Theil. Den Verkehr mit den Fremden, meist Musensöhnen aus Heidelberg, überließ man ihr fast allein, da sie als die Hauptanziehung des Hauses galt. Man sprach nicht von einer Einkehr beim Löwenwirth, sondern von einem Besuch bei der hübschen Bärbel in Heiligenkreuz-Steinach. Sie war auch wirklich hübsch, überaus anmuthig, trotz einer gewissen Derbheit, die man doch auch nicht weggewünscht hätte. Nicht eben klein zu nennen, von schlanker

Gestalt, lebhaft in Bewegungen und Reden, hatte sie etwas Gesetzteres und so zu sagen Feineres als andere Landmädchen. Auch das ovale Gesicht, über dessen Stirn das blonde Haar sich vom Scheitel immer loskräuselte und sie manchmal wie ein leichter, goldiger Flockenkranz umgab, auch dieses feingebildete Gesicht, das sich zu der ländlichen Tracht reizend genug ausnahm, würde zu einem modischen Anzug nichts von seiner Anmuth eingebüßt haben. Ihre Redeweise und ihr Betragen hatte sich im Verkehr mit den Heidelbergern etwas abgeschliffen. Gleichwohl dauerte dieser Verkehr noch nicht lange, da sie noch sehr jung war. Sie hatte etwas Zutrauliches, reichte Jedem unbefangen die Hand, und nahm es von näheren Bekannten auch nicht übel, wenn man die Hand ein wenig länger behielt. Doch galt es für ausgemacht, daß Bärbel zudringliche Freundschaftsbezeigungen sehr ernst abzuweisen wisse, und so verstand sie sich unter der akademischen Jugend, die so viel im Löwen verkehrte, beliebt und in Respect zu halten. Ich kannte Bärbel länger als Ansgar, da meine Excursionen mich schon häufig nach Heiligenkreuz-Steinach geführt hatten, und stand als ein guter Kamerad wohl bei ihr angeschrieben. Oft hatte ich meine Taschen vor ihr geleert alle gesammelten Steine vor sie auf den Tisch gebreitet und dadurch ihr helles Lachen hervorgerufen, da sie schwer begriff, wozu mir das nützen sollte? So auch wurde mein Pflanzenbündel von ihr verlacht. „Nicht in der Apothek' ist das zu brauchen!" rief sie. „Und als Sträußel macht's auch keinen Staat!" Aber so oft ich mit meinen Ladungen ermüdet hungrig und durstig erschien, kam sie mir fröhlich entgegen, beklagte lachend, daß ich mich so plagen müsse, und sorgte für die Bedürfnisse des Erschöpften, die sie nun schon kannte.

Auch heut brachte Bärbel Wein und Brod in die Laube, und nahm gesellig mir und Ansgar gegenüber Platz, da es gerade sonst nichts zu bedienen gab. Ueber den Vorfall mit dem Serben ging sie schnell hinweg. „Ich hätte mich auch ohne Ihr Dazwischenkommen seiner erwehren wollen!" sagte sie und brachte das Gespräch auf etwas Anderes. So plauderten wir eine Weile — nämlich Bärbel und ich, während Ansgar sich ziemlich wortkarg verhielt.

Da erscholl im Garten lautes Gespräch und Rufen, und ich sah meine übrigen Genossen ankommen, mit ihnen, zu meinem Erstaunen, Herrn Alexius Rudnik. Ich wußte, daß Keiner von ihnen bisher mit dem Serben persönlich bekannt war. Er mußte sich also — vermuthlich um die Rückkehr in den Garten schicklicher zu ermöglichen, ihnen vorgestellt haben. Ansgar fuhr bei seinem Anblick etwas auf, während Bärbel sich erhob, und, stehen bleibend, in ruhigem Tone sagte: „Da ist ja auch Der wieder!"

Die Ankommenden warfen einen Blick nach uns herüber, nahmen in der Entfernung Platz und riefen nach der Wirthschaft. Plötzlich sagte Ansgar mit fast gebietender Stimme: „Bärbel! Sie werden an einem Tische die Bedienung nicht führen, an welchem jener Mensch sitzt!"

Das Mädchen fuhr ein wenig zusammen und erröthete. Dann aber, gefaßt und aufrecht stehend, entgegnete sie: „Es hat mir kein Gast vorzuschreiben, Herr Baron, welchen anderen Gast ich bedienen soll, und welchen nicht. Aber Sie haben schon Recht, daß ich da nicht hinüber gehen werde. Der Peter mag's thun. Sie ging in's Haus und kam nicht zu uns zurück.

Der Peter, des Löwenwirths Knabe, ging ab und zu, um die Wirthschaft im Garten zu vertreten. Auch beim Abschied zeigte Bärbel sich nicht wieder.

Die Auseinandersetzungen, die ich Tags darauf mit meinen Studiengenossen hatte, über ihren Mangel an Lebensart und Höflichkeit, die Streitigkeiten über die Annehmlichkeit der Person des Serben kann ich übergehen, da sie nicht zur Geschichte gehören. Wochen, Monate vergingen, und an jenen kleinen Conflict mit Alexius Rubnik dachte ich nicht mehr, zumal ich ihn selbst wenig zu Gesicht bekam. Auch nach Heiligenkreuz-Steinach muß ich wohl lange Zeit nicht gekommen sein. Ich erinnere mich, daß meine Wanderungen mehr nach der westlichen Seite des Odenwaldes gingen, nach der Bergstraße zu, wo ich in der Umgegend von Weinheim, in dem schönen Birkenauer Thale, einige ergiebige Steinbrüche entdeckt hatte.

Hier war es, wo ich oberhalb des Thals einen Baum fand, eine mächtige, breit aus=

labende Buche, welche meine Bewunderung
erregte. Eine etwas verwachsene Waldschneise
führte grade bis zum schroffen Abhang des
Berges, wo dieser durch Alter, Größe und
Schönheit gleich ausgezeichnete Baumriese sich
erhob. Es war ein herrliches Waldversteck
in scheinbar tiefster Einsamkeit. Einige bemooste
Steine lagerten um den Stamm her und
boten einen Ruheplatz, der auch den Blick in
die Ferne gewährte; nicht umfassend, nicht
mannigfaltig, nur über eine Flucht von Berg=
rücken jenseits des Thales, aber das Ganze in
seiner Art stimmungsvoll abschließend. Hier
ruhte ich oftmals aus, wenn ich mich müde
gesammelt und geklettert hatte. Und hierher
verlockte ich einmal Ansgar, der sich, gleich
mir, von dem Platze überrascht zeigte und auch
an dem Oertchen Birkenau seine Freude zu haben
schien. Er sah sich sehr genau um, in meiner
Vermuthung, nach einem Wirthshause, und
ich führte ihn in das mir schon bekannte ein. —

Etwa acht Tage nach dieser Wanderung trat Ansgar in mein Zimmer, aufgeregt und unstät, in unbequemerem Humor als jemals. Er schien Etwas auf dem Herzen zu haben, redete aber nicht, nahm ein Buch und warf es wieder hin, kramte in meinen Steinen so zerstreut, daß er kaum zu wissen schien, was er that. Ich setzte mich an meinen Schreibtisch, wie ich pflegte, wenn ich ihm nicht beizukommen wußte, abwartend, bis er den ersten Schritt zur Anbahnung eines Gespräches thun würde. So saßen wir lange in lautlosem Schweigen. Da hörte ich ihn aufstehen und gleich darauf fühlte ich seine Hand auf meiner Schulter. Ich erhob mich und blickte in sein Gesicht, in dem sich eine ernste innere Bewegung aussprach. „Humbert!" begann er, „Du erträgst viel von mir!"

„Wenn ich Dir nur besser zu helfen wüßte, Ansgar!" entgegnete ich. „Aber Du gibst Dich mir in Deinen Stimmungen so räthselhaft —!"

„Ich war heute ausgegangen, um Dir ein Bekenntniß zu thun," rief er lebhaft. „Auch Deinen Rath, Deine Hilfe in Anspruch zu nehmen! Aber es geht nicht — ich muß es allein bewältigen, mag Dich nicht hineinziehen. Wenigstens jetzt nicht — vielleicht künftig! Verzeih' mir! Leb' wohl!"

Er schritt hastig nach der Thür, ich aber hielt ihn fest, ihn mit bringenden Worten bittend, sich mir offen zu erklären, da das, was ihn innerlich drücke, unmöglich so ver= zweifelt sein könne, daß man nicht eine Ab= hilfe finden sollte. Er aber, ganz gegen seine Gewohnheit, umarmte mich stürmisch, preßte meine Hand, schüttelte schweigend den Kopf, eilte davon und ließ mich in eigenthümlicher Bewegung allein. Nachdem ich innerlich alle Möglichkeiten durchlaufen hatte, die Einem in der Jugend als peinliche Verlegenheiten ein= fallen, beschloß ich, ihn in seiner Wohnung aufzusuchen. Ich fand ihn nicht, im Hause wußte man keine Auskunft über ihn zu geben.

Es war August, die langen akademischen Herbstferien hatten begonnen, die Mehrzahl der Studirenden ging in die Heimath oder sonst für eine Zeit lang auf Reisen. Ich blieb in Heidelberg, viel umherstreifend, auch wohl zu größeren Ausflügen gerüstet. Ansgar sah ich nicht wieder, und Niemand konnte mir Auskunft über ihn geben. Er mochte in seine Heimath gereist sein, dachte ich; vielleicht auf seiner Erbgut. Viel Verdrießliches war ihm oft von da hergekommen, und es harrten sein auch jetzt nicht angenehme Verhandlungen. Damit suchte ich mich zu bescheiden und erwartete den Spätherbst, welcher entweder den Flüchtling selbst oder eine Nachricht von ihm bringen werde.

In Heiligenkreuz-Steinach war ich lange nicht gewesen. Ende September beschloß ich, wieder einmal dorthin zu wandern. Der

Herbst färbte die Landschaft schon bunter, machte die Luft erquickend und frisch; Gebirg und Thal glänzten im Sonnenschein. So kam ich frohen Herzens zu meinem Ziele, um so mehr, da ich mir allerlei Thorheiten ausgedacht hatte, um Bärbel herauszufordern. Ich trat in die Wirthsstube, in welcher ich den Löwenvater, wie wir den Wirth zu nennen pflegten, über eine Zeitung gebeugt, sitzend fand. Er erhob sich, da er mich kommen sah, und empfing mich schweigend mit mißtrauischen Blicken. „Wo ist Bärbel?" fragte ich. — „Nicht da!" entgegnete er kurz, indem er mir einen Schoppen hinsetzte. Sie werde ja wohl kommen, dachte ich, ruhte aus, und griff ebenfalls nach einem der Tagesblättchen. Bald darauf trat der Peter ein und reichte mir die Hand. „Grüß' doch die Bärbel," sagte ich, „und ob man sie heute gar nicht zu sehen bekäme?" Der Peter sah mich groß an: „Ei die Bärbel —" begann er, stockte und warf einen fragenden Blick auf seinen Vater. Dieser erhob sich. „Sie ist gar nicht mehr bei mir im Hause!" rief er unwirsch, und machte Anstalt, das Zimmer zu verlassen. „Nicht mehr bei Ihnen?" fragte ich überrascht. „Ja, wo ist sie denn?" — Der Löwenwirth trat mir näher. „Wenn Sie's nicht wissen" — begann er eindringlich — „ich dacht' schon manchmal, Sie müßten's besser wissen, als ich!" Ich erschrak vor irgend einem Unheil, welches ich witterte, ohne mir noch ein Bestimmtes zu denken. „Löwenwirth!" rief ich, „seid gescheit! Wie könnt Ihr annehmen, daß ich um des Mädchens Verbleib wisse, wenn es nicht mehr in Eurem Hause ist?" — Er begütigte sich: „Nun, es ist nicht bös gemeint. Ich glaub's schon, daß Sie nicht drum wissen." Er verließ die Wirthsstube, augenscheinlich in der Absicht, das Gespräch über den fatalen Gegenstand seinem Sohne zu überlassen. Ich konnte mich gar nicht finden in den Gedanken, daß das Mädchen in einer Weise das Haus verlassen haben sollte, über die der Hausvater nicht reden mochte, wollte aber Aufklärung, so gut sie zu haben war, und hoffte, sie von Peter zu erlangen. Dieser, inzwischen ein großer Bursch geworden, machte sich am Schranke bei den Gläsern zu schaffen, wendete sich aber zu mir, sobald sein Vater die Stube verlassen hatte. Auf meine inständige Frage, was mit dem guten Mädchen geschehen, bekannte er denn, daß Bärbel seit sechs Wochen spurlos verschwunden sei. Die Nachforschungen in der Umgegend wären vergeblich gewesen, und endlich habe der Vater damit aufgehört. Es dürfe in seiner Gegenwart nicht mehr von ihr gesprochen werden. „Ich glaube doch nicht" — fuhr Peter fort, indem er mir näher trat und seine Stimme zum Flüstern senkte — „ich glaube nicht, daß sie allein weggegangen ist. Aus dem Hause — ja! Aber nicht weit vom Dorfe hat Nachts Einer mit dem Wagen auf sie gewartet. Den Wagen hab' ich gesehen, wie ich noch spät von Schönau zurückkam — der Vater hatte mich geschickt — wer drin saß, konnt' ich nicht erkennen. Am andern Tage aber, als die Bärbel weg war, fiel mir's ein, und nachher — konnt' ich mir's denken."

„Nun wer denn?" rief ich gespannt. „Mit wem könnte sie entflohen sein?" — Peter zögerte: „Gewiß weiß ich's nicht," entgegnete er, „aber ich denke mir's. Mit dem Herrn Baron!" Ich sah ihn ungläubig, starr an. — „Ja, ja," fuhr er fort, „mit dem Herrn Baron, mit dem Sie so gut Freund sind! Der war zuvor ohne Sie gar zu oft hier. Die Mutter kam auch darauf, daß er's gewesen sein könnte, und hieß mich nach Heidelberg gehen, nach ihm zu fragen. Ich ging zu seinen Leuten, die wußten gar nichts von ihm, und er war schon lange nicht mehr da. Ich bin auch bei Ihnen gewesen, aber Sie waren auch weg. Nun, auf Sie hätten wir schon nicht gerathen, aber Sie konnten doch drum wissen. Hernach meinten wir, wenn die Bärbel mit dem Herrn Baron davon gegangen, dann würden die Beiden gerade Ihnen auch nichts davon gesagt haben. Aber weg ist sie seit sechs Wochen. Wenn sie noch wiederkäm', der Vater ließe sie nicht mehr in's Haus."

Mir fiel es wie Schuppen von den Augen. Peters Vermuthung wurde mir nur zu wahrscheinlich. Etwas länger als sechs Wochen war es her, seit Ansgar mich zuletzt besucht und unter dem Druck eines Geheimnisses verlassen hatte. Damals plante er die Entführung des Mädchens — einig mußten sie ja mit einander sein — vielleicht vermuthete er sogar bei mir eine ernstere Neigung zu Bärbel, und sein Gewissen trieb ihn zu mir. Wie dem auch gewesen sein mochte, es stellte sich mir nur als zu wahrscheinlich bar, daß die Thorheit hier einem trostlosen Unheil entgegen gegangen sei. Mir war weh' um's Herz. Nicht daß ich mir jetzt eine große Neigung zu Bärbel vormachte. Mein Verhältniß zu ihr war ein freundschaftliches, fast geschwisterliches gewesen, so weit es das zwischen einem Landmädchen und einem Studenten sein konnte. Aber jetzt, da ich sie auf einem unseligen Pfad wußte, wenigstens annahm, daß es kein Weg dauernden Glückes sein konnte, jetzt empfand ich doch etwas mehr als Mitleid und Antheil. Dazu kam das Gefühl einer Enttäuschung über sie, deren Charakter ich mir so anders vorgestellt hatte. Auch um Ansgar war mir weh. Er hatte eine Schuld auf sich geladen, die ihm sein Leben lang nachgehen konnte. Und auch über ihn fühlte ich mich enttäuscht. Er, der sonst im Verhältniß zu den Frauen so zurückhaltend erschien, er war Monate lang um das Mädchen herumgeschlichen — ja, schon bei unserer

ersten Begegnung, schon damals mußte er auf
diesen Wegen gewesen sein. Es kam das Ge=
fühl einer Erbitterung gegen ihn über mich,
und in sehr verworrener Stimmung legte ich
den Weg nach der Stadt zurück.

Der Erste, der mir am andern Morgen
auf der Straße begegnete, war Alexius Rubnik.
Obgleich wir seit jenem Auftritt im Garten
kein Wort mehr gewechselt hatten, sprach er
mich mit seinem süßesten Lächeln an, und
fragte mich, wo das hübsche Mädchen in
Heiligenkreuz=Steinach hingekommen sei. Ich
wich ihm aus, so gut es ging, versuchte sogar,
ganz gleichgiltig zu antworten, um Nichts
zu verrathen. Auch nach Ansgar fragte er.
Er habe so lange nicht das Vergnügen gehabt,
den Herrn Baron zu sehen. Er sei auf seine
Güter nach Norddeutschland gereist, so gab
ich an, werde aber zum Winter nach Heidel=
berg zurückkehren. „Ach, schade doch" — fuhr
der Serbe fort — „schade doch, daß das

hübsche Mädchen nicht mehr da ist! Aber, wer weiß, ich finde sie wohl wieder!" Ich machte mich von dem fade säuselnden Gesellen los und ging meiner Wege. Ich mochte Niemand begegnen, Jeder konnte mich, so fürchtete ich, auf Ansgar und Bärbel ansprechen, von welchen ich leider selbst doch nichts Bestimmtes wußte.

Abends saß ich über den Büchern. Da hörte ich es die Treppe heraufstürmen. Es war ein bekannter Tritt — ich fuhr auf. Ansgar trat hastig ein, rief meinen Namen und riß mich in seine Arme mit dem gleichen Uebermaß von Empfindung, wie er von mir geschieden war. Unwillkürlich ergriff ich die Lampe und beleuchtete seine Züge. Er sah blühender, stattlicher, schöner aus als jemals, sein Gesicht hatte mich niemals so freundlich angesehen, däuchte mir. Ich aber war zu befangen gegen ihn, um seine Herzlichkeit erwiedern zu können. Er legte seine beiden Hände auf meine Schultern. „Geliebter, theurer

Philister, Du zürnst mir!" begann er mit dem Tone eines Glücklichen. „Du mußt mir zürnen, ich weiß ja! Aber laß mich nur reden und wir werden uns verständigen, auch wenn Du Alles mißbilligst, was geschehen ist. Bei Nacht und Nebel komme ich zu Dir, weil es mir nicht länger Ruhe ließ, und als ich das Licht durch Deine Fenster sah, kam eine Freude über mich — auch wie Licht, Gewißheit einer Aufklärung zwischen uns Beiden! Kurzum, was Keiner in der Stadt vorerst wissen soll, mußt Du erfahren. Ich bin verheirathet. Die Bärbel ist meine Frau!"

Ich sah ihn starr an. „Verheirathet?" Nur das eine Wort konnte ich in meinem Erstaunen hervorbringen.

„Ja, ja!" rief er fröhlich. „Wirklich und richtig verheirathet. Bärbel ist nach bürgerlichem und jedem Rechte jetzt Frau Baronin. Mühe hat es freilich gekostet, bis wir Mann und Frau werden konnten."

„Weshalb aber hast Du das verheim=
licht?" fragte ich. „Man denkt über Bärbel
nicht gut — ich war gestern in Heiligenkreuz=
Steinach —"

„Ach, da mag es freilich arg hergehen
über mein armes Weib!" rief er. „Nur noch
kurze Zeit, und wir werden uns auch dort
legitimiren!"

Er erzählte nun, daß Bärbel endlich ein=
gewilligt, eine. Anfangs heimliche Ehe mit
ihm einzugehen; wie sie zusammen nach Rhein=
hessen gereist, wo nach französischem Gesetz=
buch eine Civil=Ehe geschlossen werden konnte,
und wie sie auf dem Standesamte bürgerlich
getraut worden. Wie sich dann in einem Dorfe
auch ein Priester gefunden, um, auf Bärbels
Wunsch, die kirchliche Weihe hinzuzufügen.
Alles das lange vorbereitet und unter mancher=
lei Schwierigkeiten, die ich hier bei Seite lasse,
durchgesetzt. „Und weshalb ich das Alles so
heimlich betrieben habe?" fuhr er fort. „Lieber

Freund, bedenke, daß die Schwierigkeiten sich gehäuft haben würden, daß die abscheulichsten Widerwärtigkeiten hinzugetreten wären, wenn ich es öffentlich gethan hätte. Ich bin Student, nebenbei auch noch Freiherr. Der Scandal, wenn meine Corpskameraden und Standesgenossen in meiner Gegenwart hätten die Nase rümpfen und sagen dürfen: Der Freiherr von so und so hat das Schenkmädchen aus dem Löwen in Heiligenkreuz-Steinach geheirathet! Ich wäre aus den Duellen nicht herausgekommen! Ich hätte die Ehre meiner Frau zu schützen gehabt, durfte aber nicht zugleich ihre und somit meine Existenz auf das Spiel setzen. Ich lese Dir von den Lippen ab, was Du entgegnen willst! Diese Heirath, meinst Du, wird ja doch einmal öffentlich werden! Gut, das soll sie auch, aber nicht zuerst hier in Heidelberg, wo Bärbel so Vielen bekannt ist. Wir gehen fort, hoffentlich bald. Hinter uns mögen die Wellen zusammenschlagen, künftig ebnen sie sich wieder. Vielleicht war es recht gut, daß ich für den Anfang nur eine kleine, übrigens ausreichende Summe in Händen hatte. Bald müssen mehr Gelder kommen, da ich einige von dem Majorat unabhängige Parcellen verkaufen lasse. Dann geht's fort in die Welt und Frau Barbara soll als Baronin alle Ehren haben! Aber Du unfreundlicher Mensch hast mir noch nicht einmal Glück gewünscht!"

„Glück kann ich Dir wünschen, Ansgar — Euch Beiden!" entgegnete ich, wie unter einem Bann. „Obgleich —"

Er nahm das Wort auf: „Obgleich — nun gut! Ich bin auf jeden Einwand vorbereitet, hoffte bei Dir gar nicht auf eine unbedingte Billigung. Also, obgleich —?"

„Du hast mir nur allgemeine Andeutungen über Deine Familienverhältnisse gemacht," sagte ich. „So viel jedoch weiß ich — Dein

Gut ist ein Majorat, und wenn Du eine Bürgerliche heirathest —"

„Dann wird mein ältester Bub' nicht Majoratsherr, das Gut fällt auf einen zunächst Berechtigten" — so unterbrach mich Ansgar und fing laut an zu lachen. „Gott bewahre meinen künftigen Aeltesten vor einer solchen Erbschaft! Meine Herren Vorfahren haben so gräulich gewirthschaftet, daß dieses verschuldete Gut für den Besitzer eine Last, eine Verlegenheit ist. Als ich es antrat, nicht als Erbe meines Vaters, sondern als Erbe eines Oheims, ging mir ein Licht über die Herrlichkeit auf. Ich will es gar nicht haben für mich und die Meinigen, ich suche nur, was die Andern auch gethan haben, so viel wie möglich für mich heraus zu schlagen, um es dann dem Nächstberechtigten zu überlassen. Dieser ist ein steinreicher Vetter, aber ein geiziger, schäbiger Filz, der sich bereits fürchtet, ich könnte ohne einen Sohn sterben, und er an die Reihe kommen. Ich aber freue mich von ganzem Herzen, ihn gründlich an die Reihe zu bringen. Er hat in unglücklichen Zeiten, da ich unmündig war und der Hilfe bedurfte, nichts für mich gethan, hat jede Hilfe verweigert. Er ist eigentlich der einzige nähere Verwandte. Die Eltern verlor ich früh, ich wuchs auf, fast losgelöst von Familienbanden. Jetzt will ich auch frei sein und unabhängig von Vorurtheilen. Lange genug bin ich auf Universitäten gewesen, ich trete in den Staatsdienst, und hoffe, mir meinen Weg zu bahnen."

So vortrefflich die letzte Wendung klang, trotz aller jugendlichen Leichtfertigkeit des Vorausgehenden, so konnte ich seine zuversichtliche Stimmung nicht theilen. Die abenteuerliche Entführung hatte zu einem besseren Ziele geführt, als ich vermuthet, aber auch diese übereilte Heirath schien mir kein Glück zu versprechen, ja, sie däuchte mir fast unheil-

drohender, als die bisher angenommene Ver=
schuldung. Ansgar und Bärbel — es wollte
mir nicht in den Kopf, diese beiden so ver=
schiedenen jungen Leute als Mann und Frau
zu denken. Bärbel als Frau Baronin! Ein
wahrhaft peinliches Gefühl ergriff mich bei der
Erinnerung, wie ich bisher zu ihr gestanden.
Hatte ich auch das Bewußtsein, daß unser
Verkehr ernstlich nicht anzufechten sei, so war
es schlimm, daß Andere in ähnlicher Weise zu
ihr gestanden, und Mancher sich auch wohl
größere Freiheiten gegen sie herausgenommen
haben mochte. Das wußte Ansgar, das mußte
er wissen, und ich begriff nicht, daß er sich da=
rüber hinaussetzen konnte. Jetzt noch mit ihm
davon zu reden, war, nach vollendeter That=
sache der Heirath, eigentlich unmöglich. Diese
Gedanken trieben mich ihm gegenüber so sehr
in den Rückhalt, daß ich kaum ein Wort
zu sagen wagte; denn mit jeder Berührung
dieser Dinge mußte ich fürchten, ihn zu ver=

letzen. So blieb ich in rathlosem Schweigen, während er lebhaft im Zimmer auf und nieder schritt.

Endlich rief er: „Sitze nicht so heimtückisch verschlossen da! Ich bitte Dich, rede Etwas! Table mich! Mache mir Einwürfe jeder Art, damit ich sie widerlegen kann!"

„Du hast Dich in so jungen Jahren schon gebunden, Ansgar —!" begann ich.

„Du meinst," fuhr er mir in die Rede, „ich hätte zehn Jahre warten sollen, bis ich eine Lebensstellung errungen haben würde? Ich hätte Bärbel etwa inzwischen in eine Erziehungsanstalt geben können, nicht wahr? — um sie dann als eine leiblich erzogene alte Person heimzuführen? Oh, Ihr soliden Leute! Ich glaube, Ihr hättet, unbeschadet Eurer Solidität, eher ein Auge zugedrückt, wenn ich eine Zeit lang mit ihr wilde Wirthschaft getrieben, um sie dann laufen zu lassen? Zu meiner Schande gestehe ich, daß ich, ohne einen niederträchtigen Plan im Schilde geführt zu haben, anfangs im blinden Taumel auch auf nichts Besseres zusteuerte. Je mehr ich sie kennen lernte, desto ferner rückte mir das Böse, und mein Entschluß, sie zu heirathen, bestärkte sich. Zu ihrer Ehre sei gesagt, daß sie sehr schwer einwilligte. Wir haben uns früh gebunden, allerdings! Wir wollen in der Jugend das Leben mit einander genießen. Nachher — pah! Das verwünschte Ueberlegen!"

"Verzeih' mir, Ansgar," entgegnete ich, "durch nachträgliche Ueberlegungen denke ich Dich nicht zu langweilen. Nur daß ich anders denke — denn ich bin nicht der Glückliche, der Du augenblicklich bist. Aber Du bist mein Freund und Bärbel bleibt mir werth —"

"Humbert!" unterbrach er mich mit Lebhaftigkeit. "Eine Frage! Sie hat mir beängstigend auf dem Herzen gelegen, ich wollte sie längst berühren, bis mir die Ueberzeugung kam, daß sie nicht nöthig sei. Ich thue sie jetzt dennoch: „Hast Du innerlich Etwas zu überwinden bei dem Gedanken, daß Bärbel meine Frau ist? Hast Du sie geliebt? Vielleicht wirst Du nur aus Klugheit Nein sagen. Mußt Du es aber bejahen, so sag's offen!"

Ich konnte ihm mein Nein mit meinem Ehrenworte bekräftigen. „Siehst Du," fuhr er fort, „Bärbel sagt das auch — denn ich habe längst mit ihr darüber gesprochen. Als sie mir ihr Jawort gab, sprach sie mir die Ueberzeugung aus, Du hättest nur gute Freundschaft mit ihr halten wollen, aber sie klagte, es sei doch nicht recht, daß wir Dich so hintergingen. Und nun thu' mir den Gefallen und besuche uns, meine Frau legt Werth darauf, sich mit Dir auszusprechen, denn Du brave Philisterseele bist gar zu gut bei ihr angeschrieben."

„Wo wohnt Ihr?" fragte ich.

„Das werde ich Dir auch so auf die

Nase binden!" rief er lachend. „Unser Asyl ist gut versteckt. Am liebsten nähme ich Dich gleich mit, denn ich denke nicht hier zu bleiben. Der Schnellzug geht um halb neun Uhr — fürchte nicht, daß ich Dich bei Nacht und Nebel in die weite Welt verlocke! Nur ein paar Stationen. Wir haben noch eine halbe Stunde. Willst Du?"

Ich war einverstanden, ihn zu begleiten. Er stürzte sich jubelnd über mich, und war von einer jugendlichen Ausgelassenheit, wie ich ihn nie gesehen, sie ihm nie zugetraut hatte. Zum ersten Mal sah ich den lustigen Studenten in ihm, und das in einer Stunde, da er sich mir als Ehemann vorstellte! Wir gingen auf den Bahnhof, und stiegen in Weinheim aus. Aber wir waren noch nicht am Ziele. Ein Wagen wurde genommen, der uns auf nächtlicher Fahrt durch ein zwischen Felsen eingeschnittenes Mühlenthal führte, bis sich gepflasterte Straßen und Häuser bemerkbar machten. „Sage mir nur, wo sind wir eigentlich?" fragte ich. Fröhlich entgegnete er: „Wir sind da, wohin Du uns selbst den Weg gewiesen hast — in Birkenau! Du bist mitschuldig und sollst somit am Tische der glücklichen Bösewichter sitzen!" Wir verließen den Wagen. Es war zehn Uhr vorüber, Dunkelheit und tiefe Stille lagerten über dem kleinen Orte. In eine Seitenstraße biegend, zwischen Gartenzäunen und Hecken, auf einem Wege, den der Freund sicher dahinschritt, der mich aber zu häufigem Stolpern und An= rennen brachte, schritten wir weiter, hügelan, einem Licht entgegen. „Sie erwartet uns!" rief Ansgar, seinen Schritt beflügelnd. Im tiefen Dunkel unter Bäumen wurde ein kleines Haus sichtbar. An der Gartenthür sang Ansgar jubelnd ein Stück einer Melodie. Die Thür wurde aufgerissen, eine Dame flog her= aus und an seinen Hals. Hinter ihr wurde eine alte Frau sichtbar und ein junger Bursche mit der Lampe. „Wen bringe ich Dir. da mit, Frau Barbara?" rief Ansgar, mich in das Häuschen führend.

„Ach Gott! Herr Humbert!" hörte ich Bärbels Stimme rufen. Die junge Frau schlug die Hände vor das Gesicht, und als Ansgar sie von ihren Augen zurückzog, sah ich Thränen an ihren Wimpern. Zu Erklärungen sollte es aber nicht kommen. Denn der junge Hausherr, in glücklicher Stimmung, sprach von seinem und meinem fürchterlichen Hunger, der befriedigt sein wollte. Da Bärbel ihren Gatten erwartet hatte, stand auch ein gedeckter Tisch mit einer ländlichen Mahlzeit schon bereit. Wir nahmen Platz, und der Wirth war es, der die Unterhaltung fast allein bestritt, während die junge Frau mit ihren Augen an seinen Lippen hing, gegen mich aber anfangs sich sehr befangen zeigte. Sie war modisch, sogar gewählt gekleidet, sah überaus anmuthig aus, und konnte beim ersten Blick recht wohl eine Dame vorstellen. Im Gange, in den Bewegungen, in der Sprache, war sie das Bärbel geblieben. Ganz das frühere Bärbel war sie aber doch nicht mehr! Das war lebhaft, frisch, offen, unbefangen gewesen — das jetzige war zurückhaltend, unstät, im Lachen nicht recht von innen lachend, im Ernst fast schwermüthig. Aber so recht zum Ernst im Gespräche ließ es Ansgar auch nicht kommen, indem er Alles vermied, ablehnte oder vereitelte, was an Vergangenes erinnerte. Ich bewunderte seine Kunst, die Unterhaltung in dieser Weise klug zu führen und sich dabei doch halb als übermüthigen Studenten, halb als Hausherrn zu geben. Es kam die Rede auf eine Reise nach Paris, welche die jungen Gatten demnächst unternehmen wollten, für die sie aber erst noch „Nachrichten" abzuwarten hätten. Vorerst wohnten sie in diesem Häuschen, das einer Wittwe und ihrem Sohne gehörte, einfach, ländlich, aber für Glückliche ausreichend behaglich). Ihr Aufenthalt in diesem Asyl fiel im Orte, halb Städtchen halb Dorf, nicht sonderlich auf. Gäste zur Sommerfrische kamen wohl ab und zu hierher, und ein junges Ehepaar, das die Flitterwochen in der Stille verleben wollte, mochte auch nicht als etwas Ungewöhnliches gelten.

Als Ansgar nach irgend Etwas im Zimmer suchte, fiel ihm ein auf der Kommode liegender Brief in die Hand. „Woher dies?" rief er. „Ach, ich hab's vergessen!" entgegnete die junge Frau. „Der Heiner (so hieß der Sohn ihrer Wirthin) hat ihn mit von der Post gebracht." — Während Ansgar das Schreiben hastig öffnete und las, flog ein Ausdruck des Unwillens über sein Gesicht, der den Beobachtenden nicht entgehen konnte. „Es ist doch nichts Schlimmes, Ansgar?" fragte Bärbel besorgt. „Nichts als bekannte Dinge, und immer dasselbe von Hause — so zu sagen!" entgegnete er, den Brief zusammen=

legend und einsteckend. „Das soll uns die gute Laune nicht trüben!"

Mittlerweile war die Mitternachtstunde vorübergegangen, und ich hielt es an der Zeit, mich nach dem Wirthshause zu begeben, wo durch den Kutscher, der uns nach Birkenau gefahren, ein Zimmer für mich bestellt worden war. Da der Weg durch Hecken und über Gräben etwas im Zickzack ging, wollte Bärbel den Heiner zu meiner Begleitung rufen „Nein, nein!" rief Ansgar. „Ich gehe selbst mit ihm!" Er küßte Bärbel zum Abschied für die kurze Entfernung, und nahm meinen Arm. Nachdem wir etwa fünfzig Schritte von seiner Wohnung entfernt waren, begann er: „Ich muß verreisen, morgen schon, mit dem Frühsten. Anstatt mir Geld zu schicken, schreibt mein Geschäftsführer nur von verworrenen Dingen, die er sich nicht getraue allein zu verhandeln. Meine Gegenwart sei unbedingt nothwendig, ich solle kommen, so bald als möglich, um einen wichtigen Termin nicht zu versäumen. Das heißt nichts Anderes, als morgen schon aufbrechen, und mir selbst Geld holen, wenn ich sonst Etwas erhalten will. Es gilt die erste Trennung von meiner Frau, und ich muß ihr diese nun als nothwendig darstellen. Sie wird mitreisen wollen, aber das darf nicht sein, so betrübend auch mir die Trennung ist. Und es wird mindestens eine Woche dauern, ehe ich zurückkehren kann. Humbert — ist es Dir möglich, für diese Zeit in der Nähe zu bleiben? Es wird für Bärbel tröstlich sein, mit Dir von mir reden zu können, in Deiner Begleitung in den Wald zu gehen — denn allein würde sie sich nicht getrauen, das Haus zu verlassen, da sie unsere Weltverborgenheit fast mehr als ich zu hüten strebt."

Ich versprach, bis zu seiner Rückkehr in Birkenau zu bleiben, da ich jetzt, während der Ferien, nicht unbedingt an Heidelberg gebunden war. — Am anderen Morgen bestieg

Ansgar den Wagen vor der Thür des Wirthshauses. Ich war auf und begrüßte ihn. „Sie
hat einige Thränen vergossen," rief er, „aber
sie ist gehorsam, tapfer und gut! Geh' nur
bald und bring' ihr noch einen Gruß von
mir! Leb' wohl!" —

Es war noch früh, selbst auf dem Lande
zu früh, um einen Besuch zu machen. Ich
nahm ein Buch aus meiner Wandertasche und
fing an zu lesen. Denn ein so vorsichtiger Mann
war ich doch schon als Student, daß ich mich
auch für eine einzige Nachtfahrt mit mancherlei
ausrüstete, was nun einmal zu meinen Bedürfnissen gehörte. Das trug mir den Spott-
namen eines Philisters ein, an welchen ich
mich mit Gleichmuth gewöhnt hatte.

Endlich um zehn Uhr hoffte ich, meiner
Baronin Bärbel aufwarten zu dürfen. „Grüß'
Gott, Herr Humbert!" rief sie, indem sie mir
die Hand reichte. Der Gruß, den ich ihr von
Ansgar brachte, lockte einen Strahl der Freude

über ihr Gesicht. Sie war schwarz gekleidet, einfach, aber sehr gut in der Anordnung. „Er hat mir erlaubt, alle Tage mit Ihnen in den Wald zu gehen," fuhr sie fort. „Kommen Sie nur gleich, es ist mir besser draußen, als in der Stube, wo ich nicht weiß, was ich thun soll." Sie setzte den Hut auf und schlug einen schwarzen Schleier über das Gesicht, so dicht, daß ich selbst in der Nähe nichts von ihren Zügen entdecken konnte. So gingen wir hinaus. Sie kannte bereits Fußsteige und Feld= wege, wo man Niemand begegnete. Ansteigend kamen wir in den Wald. Und hier auf ge= ebneteren Wegen begann die junge Frau mir zu erzählen, wie „Alles gekommen" sei. Es war nicht ein Bekenntniß aus freudevollem Gemüth, es kam aus einem Herzen, um dessen Glück viel Sorgen herumlagen, es kam in Worten und Redewendungen, welche Schuld= gefühl und Aengstlichkeit nicht verhüllten. — Wir wanderten einer Lichtung entgegen, und ich erkannte den verwachsenen Waldweg, der zu meinem Baume führte. Auch die junge Frau wußte hier bereits Bescheid. „Da gehen wir hin, zu dem Baume!" rief sie. „Den haben Sie dem Ansgar zuerst gezeigt, und dahin hat er mich gleich geführt. Denn hier war es, so erzählte er mir, wo er den Entschluß gefaßt hat, daß es so werden sollte, wie es geworden ist." Wir kamen unter die Buche, Bärbel nahm auf einem bemoosten Steine Platz und schlug den Schleier zurück. Sie sah in diesem Augenblick so schön aus, daß es mich wie ein Schreck durchzuckte. „Gott sei Dank!" rief sie; „hier darf man einmal frei ausblicken! Wo nur der Ansgar jetzt sein mag? Ach, der Arme hat so viel Noth wegen des Gutes, und plagt sich oft, daß nicht genug Geld daherkommen will. Und wenn unsere Reise nur nicht nach Paris gehen sollte! Das ist so kostbar, und ich hänge nicht daran. Aber er will mir die große Welt zeigen, er ist so gut, so gut! Und wie soll es künftig werden —?"

Sie kam im Reden von Einem auf das Andere. Die Zukunft machte ihr Sorgen. Es klang aus ihren Wendungen, daß ihre Freude auch in der Gegenwart durch Bangigkeit getrübt sei. Ansgar war noch Student, wenigstens augenblicklich dem Namen nach; er war Freiherr. Sie wußte recht gut, daß, wenn ihre Verheirathung jetzt schon veröffentlicht würde, mancherlei Unzuträglichkeiten eintreten könnten. Um ihn nur sorgte sie. Für sich — ein Seufzer unterbrach ihre Worte, als eine Wendung sie auch auf ihre Familie führte, sie bedeckte ihre Augen mit dem Taschentuche, welches von reichlichen Thränen feucht wurde. Ich brachte es nicht über das Herz, ihr zu gestehen, daß ich in Heiligenkreuz-Steinach gewesen sei. Sie aber schien das als gewiß anzunehmen. „Sagen Sie mir nichts!" rief sie schluchzend. „Ich kann mir's denken, was sie über mich reden!"

Wir gingen am andern Tage desselben Weges, und am dritten und vierten wieder, und saßen unter dem Baume und sprachen — nicht immer blos unter dem Druck von Sorgen und Aengsten. Ein Brief von Ansgar kam an, der erste, den die junge Frau von ihrem Gatten erhielt. An dem Tage war sie glückselig, obgleich er schrieb, daß seine Abwesenheit sich etwas länger verzögern könnte, als er vermuthet. Aber es war ein langer Brief, und es mußte viel Beglückendes für sie darin stehen. Sie lachte und weinte, und küßte die Zeilen. Wir gingen auch in den nächsten Tagen zu unserem Baume. Die Stimmung wurde freier, ich kramte Thorheiten aus, obgleich ich ein Philister war. Und wenn ich auch gegen die Baronin niemals wieder den Ton anstimmte, wie einst gegen das Bärbel, so brachte ich es doch zu Stande, daß sie

mich einmal wieder einen „wieschten Bub"
nannte.

Da machte ich eine Bemerkung an mir,
über die ich zuerst stutzte, dann aber bis
in's Innerste erschrak. Was ich früher, da
ich häufig in Heiligenkreuz=Steinach einkehrte,
für das Mädchen nicht empfunden hatte, das
begann ich jetzt für die junge Frau zu em=
pfinden. Ja, ich war zum Sterben verliebt
in die Frau meines Freundes, die ich in
seiner Abwesenheit zu hüten versprochen hatte!
Mein Gewissen trat drohend, anklägerisch gegen
mich auf, meine Tage verliefen zwischen freu=
diger Erregung und Beängstigung, meine Nächte
in halber Verzweiflung. Bärbel, die sich so
sicher in meiner Nähe fühlte, war in ihrem
Wesen wieder freier gegen mich geworden,
während ich mich jetzt in mich zurückziehen
mußte, und mit meiner Stimmung nicht aus,
nicht ein wußte. Was in mir vorging, ahnte
die junge Frau nicht; aber der Druck, der

auf meinem Wesen lastete, konnte ihr nicht entgehen. Sie fragte, sie schalt freundschaftlich, sie fing an, mich zu necken, und diese Vertauschung der Rollen machte die Lage des unseligen, verliebten Philisters nur noch schrecklicher. Wahrlich, wenn ich auf eine Seite dieser Geschichte heut' ein humoristisches Schlaglicht zu werfen geneigt bin, so sind es die Nöthe, welche ich selbst in jenen Tagen durchzumachen hatte! Damals aber war mir nicht lächerlich zu Sinne, und was bald geschah, lag weit ab von allem Humor.

Eine Woche war herum, als ich eine andere Bemerkung, mehr prosaischer Art, machte. Kleider, Schuhwerk und Wäsche hielten nicht aus, ich mußte nothwendig auf einen Tag nach Heidelberg, um mich neu auszurüsten. Meine Pflegebefohlene sah das ein, und gab mir Urlaub. Beim Abschied schärfte ich dem Heiner ein, der Frau Baronin brav zu Diensten zu sein. Es bedurfte dessen kaum, denn der

Bursch, wie seine Mutter, waren der jungen Frau ganz ergeben. Unterwegs konnte ich nun versuchen, mit mir selbst zurecht zu kommen. Ich rief mir das Vertrauen des Freundes in's Gewissen, ich gab mir selbst das Wort mich in Schranken zu halten, mich zu überwinden. So kam ich nach Heidelberg

Es war nun schon Octobers Anfang, die zerstreuten Musensöhne sammelten sich wieder in der Stadt, man sah auch bereits viele neue Gesichter. An den gewohnten Plätzen erkannte ich auch Gruppen von Ansgars Kameraden. Es geschah, was noch niemals geschehen war. Einer derselben trat auf mich zu, mit der Frage, ob ich nicht wüßte, wo Ansgar geblieben sei? Ich durfte in so weit die Wahrheit geben, als ich erklärte, daß er in seine Heimath gereist sei und dort von Geschäften festgehalten werde. Man nöthigte mich dringend, auf einen Augenblick näher zu treten. Ich folgte denn durch den Garten in die Trinkstube, wo mich mehrere junge Herren höflich willkommen hießen. Ein Graf S., den ich wenigstens dem Namen und Ansehen nach kannte, führte das Wort, und ersuchte mich, gegen sie, die Freunde Ansgars, aufrichtig zu sein, da ihnen durch die dritte, vierte Hand aus der Heimath sehr ungünstige Nachrichten über seine Verhältnisse zugekommen wären. Ich mußte bekennen, daß ich nur im Allgemeinen über Verlegenheiten berichtet sei, und bat nun selbst über nähere Mittheilung. Kurz, ich erfuhr, daß Concurs über seine Besitzthümer verhängt, daß ihm Nichts, gar Nichts, als eine Last von Schulden geblieben sein sollte. Man verwahrte sich noch gegen die Richtigkeit dieser Nachrichten, nannte sie unverbürgt, zeigte aber, ich mußte es erkennen, eine ernste Theilnahme für den Freund. Als ich mich empfahl, wurde mir die Einladung zu Theil, die Herren einmal Abends auf ihrer Trinkstube zu besuchen.

Unter diesem Zuwachs von Sorgen packte ich mein Bündel, und fuhr am nächsten Morgen zurück nach Birkenau. Klopfenden Herzens betrat ich wieder die Schwelle des kleinen Häuschens. "Ach, Gott sei Dank, daß Sie nur wieder da sind!" Mit diesen Worten empfing mich die junge Frau. Es lag etwas Unruhiges, Verstörtes in ihrem Wesen. Ich fragte, ob sie Nachrichten von Ansgar habe? Sie verneinte es, verhehlte ihre Beklemmung nicht, und gab ihrer Sehnsucht Worte, die mich im Tiefsten rührten. Ich hoffte sie zu zerstreuen. Aber sie lehnte ab, mit mir in den Wald zu gehen. In meiner eigenen bedrängten Gemüthslage um eine Unterhaltung verlegen, griff ich nach einem Buche, in welchem ich Ansgars Eigenthum erkannte, und erbot mich zum Vorlesen. Sie sagte nicht Ja, nicht Nein, sondern seufzte nur, ich aber begann trotzdem die erste Scene des "Hamlet," die ich gerade aufgeschlagen hatte. Ob die junge

Frau zuhörte, kann ich nicht sagen, aber ich hatte noch nicht zehn Minuten gelesen, als sie einen Schrei that, nach dem Fenster zeigte und in das Zimmer zurück floh. Ich wendete mich, und erkannte durch das niedrige Fenster das Gesicht des Serben, welcher lächelnd herein grüßte. Da er gleich darauf weiter schritt, nach der Seite der Hausthür, stürzte ich hinaus und vertrat ihm den Eingang. Die Unterredung, welche wir jetzt mit einander führten, wieder zu geben, muß ich unterlassen. Trotz seines weichlichen Wesens, sprach er doch Worte, die mich aufbrachten. Er habe gut spionirt und habe gefunden, sagte er. Mann habe ihm zwar hier von einer Frau Baronin erzählt, er kenne dergleichen aber wohl. Ich wurde ernster, suchte ihn hinweg zu complimentiren, bei ihm aber war dergleichen verloren. Zum Glück kam Hilfe. Heiner packte ihn am Rockkragen, und riß ihn mit wuchtigen Armen zu Boden. Bärbel und die Wittwe schrieen laut auf, es mußte Lärm in der Nachbarschaft geben, den ich vermeiden wollte. So warf ich mich über die Ringenden, mahnte, suchte sie von einander zu bringen, und während dem gelang es Alexius Rubnik, sich aus den Händen des Heiner zu befreien, schlangengleich empor zu schießen, und aus dem Garten zu entfliehen. Sein Verfolger mußte aufgeben, ihn einzuholen. Dieser gräuliche Auftritt war in der Zeitdauer einer Minute vorübergegangen. Fremde Augen mochten ihn nicht mit angesehen haben, da das Haus abgelegen, der Lattenzaun des Gartens durch hohe Sonnenblumen und andere Herbstgewächse für blicke aus der Ferne ziemlich abgeschlossen war. Größere Noth bereiteten mir der brave Heiner und seine, Mutter. Es hatte ein Mensch vor ihrer Thür das Messer gegen mich gezückt — das war ein Raub- und Mordanfall, den sie dem Ortsvorsteher anzeigen zu müssen glaubten, der ganzen

Nachbarschaft zur Warnung und Wahrung mittheilen wollten. Daß Heiner selbst Veranlassung zu der Entdeckung des Asyls gegeben, erkannte ich bald durch einige Kreuz- und Querfragen. Am vergangenen Sonntag war er in Weinheim gewesen und hatte mit anderen Burschen von dem Baron, der bei ihm wohnte, gesprochen. Da war der „Schwarze" schnell auf ihn zugekommen. — Weinheim ist ein von den Heidelbergern häufig besuchter Ort — und habe ihn ausgefragt. Heiner, der nicht wußte, daß hier ein Geheimniß zu hüten sei, hatte getrost geantwortet und zu seiner Verwunderung plötzlich einen Gulden in seiner Hand gefühlt, den er mit seinen Kameraden vertrinken sollte. Das bekannte er jetzt Alles, schalt sich selber, und wollte alle Burschen des Ortes gegen den Flüchtling aufbieten. Ich beschwor ihn und suchte ihn zu besänftigen, ich bat ihn, nur erst die Rückkehr des Barons abzuwarten, bis da-

hin den Fall noch geheim zu halten. Ob das
möglich sein werde, wenn Ansgar noch lange
ausblieb, daran zweifelte ich freilich selbst.

Die junge Frau war keine nervöse Natur,
aber das Gefühl der Abhängigkeit von einem
geliebten Gatten, seine Abwesenheit, die Sorgen,
welche während dem mehr und mehr in ihr
aufwuchsen, hatten sie eingeschüchtert und ängst=
lich gemacht. „Ach, mein Gott, wenn der
Ansgar nur bald zurückkäme!" Das war
Alles, was sie hervorbringen konnte. Daß
Alexius Rudnik sie früher schon belästigt
hatte, wußte ich ja, und empfand es als ein
Unglück, daß dies und wohl auch noch Anderes,
was sich für sie schlimmer deuten ließ, als es
war, aus ihrer Vergangenheit nicht weggelöscht
werden konnte. Obgleich nun nicht anzunehmen
war, daß der Eindringling so bald wieder
kommen werde, so wünschten Heiner und seine
Mutter, welche immer nur das geschwungene
Messer vor ihren Augen sahen, daß Thür

und Fenster gut bewacht würden, und legten mir nahe, die Nacht in ihrem Hause zuzubringen. Es sollte nicht dazu kommen.

Denn als ich nach meinem Wirthshause ging, sah ich einen offenen Wagen heran kommen, und erkannte darin Ansgar. Er sprang heraus mit dem Rufe: „Wie geht es meiner Bärbel?" — „Du wirst mit Sehnsucht erwartet!" gab ich zurück. Aber gespannt und besorgt fügte ich hinzu: „Wie geht es Dir? Bist Du zufrieden mit dem Erfolg Deiner Reise?"

„So so!" entgegnete er. „Davon später! Du reisest hoffentlich noch nicht ab? Komm nur bald hinauf zu uns!" Er drückte mir die Hand und eilte nach seiner Wohnung. Viel Gutes konnte er nicht erlebt haben, sein Gesicht war blaß, in seine Züge schien mir einige Schärfe gekommen, sein Wesen hatte etwas Gezwungenes. — Da ich bei der Begrüßung der Liebenden nicht zugegen sein

mochte, ließ ich einige Stunden vergehen. Da
kam der Heiner, den sie geschickt hatten, mich
zu rufen.

Ansgar saß „reisemüde", wie er sagte,
in der Ecke des hochlehnigen alten Canapees,
während die junge Frau mir fröhlich entgegen
kam. Jetzt, da sie ihn wieder hatte, glänzten
ihre Augen, und war er ernst und schweigsam,
so wurde sie um so munterer und gesprächiger,
um ihn zu erheitern. Er gab zu, daß er
unangenehme Tage, voll von lästigen Ge=
schäften durchlebt habe — deutlicher ließ er
sich auch später nicht gegen mich heraus —
und daß die Reise nach Paris vorerst wohl
aufzugeben sein werde. Bärbel aber lachte und
suchte ihren Gatten durch Gespräche von
Allem abzuziehen, was ihn zu drücken schien.
Sie hatte bisher sein Gesicht noch nicht von
Schatten umflort gesehen, nnd mir war es
als schickte sie zwischen aller Lustigkeit zuweilen
einen ängstlich fragenden Blick zu mir herüber,

um sich dann um so lebhafter um den Geliebten zu bemühen. Von dem Eindringen des Fremden war bisher noch nicht die Rede gewesen. Zur Sprache mußte es kommen, nur fragte sich, ob schon heut, und wer von uns zuerst die Rede darauf bringen werde. Bärbel fühlte sich jetzt so sicher und gutes Muthes, daß sie das Abenteuer vergessen zu haben schien; ich meinerseits schwankte, ob ich des Freundes augenscheinlich bedrücktes Gemüth mit noch einer neuen Sorge belasten sollte. Da war es denn Heiner, der damit herausrückte, und auch uns reden machte. Ansgars Augen wurden groß, es funkelte etwas von dämonischem Auflodern darin. Schnell aber strich er mit der Hand über die Stirn, und sagte gelassener als ich erwartete: „So ist auch dieses Asyl nicht mehr für uns da! Wir werden aufbrechen müssen. Nur heut' noch nicht — heut' laßt uns noch glücklich sein!" Bärbel flog an seine Brust, ich aber ergriff seine Hand, die er mir darbot, und suchte meine Bewegung zu verbergen, so gut es gehen wollte. —

Tags darauf reiste ich nach Heidelberg zurück. Ich durfte auch Ansgar demnächst erwarten, da er vor seiner „Abreise" — wie er sich ziemlich unbestimmt ausdrückte — seine Verhältnisse in der Stadt zu ordnen hatte. Eine Ahnung sagte mir, daß diese Verhältnisse, in so fern sie Geld betrafen, verworren genug sein mochten, zumal ich befürchtete, daß er von seiner Reise die erwartete große Summe nicht werde mitgebracht haben. Die Thorheit, ja das Unglück seiner Verheirathung lag mir bekümmernd vor Augen und auf dem Herzen. Gegen diese stumm getragene Betrübniß gaben auch Luft und Himmel kein Ablenkungsmittel. Der Spätherbst schickte seine ersten erbarmungslosen Boten über die Gegend, Regengüsse und scharfe Winde, die das feuchte Laub forttrugen und von den Bergen bis in die Straßen der Stadt streuten.

In wenigen Tagen sah das prachtvolle Thal grau, vernebelt und verdrossen aus. Die Musensöhne schlenderten nicht mehr in fröhlichen Zügen durch die Straßen, fröstelnd, unter dem Regenschirme, suchte jeder nur bald unter Dach zu kommen. Beinahe eine Woche war vergangen, als ich in einem regenfreien Augenblicke Ansgar in einer Gruppe seiner Kameraden entdeckte. Obgleich sie in eifriger Verhandlung waren, sprang er auf mich zu, um mir die Hand zu reichen und mir zu sagen, daß er mich Abends besuchen werde. Ich blieb zu Hause, erwartete ihn aber vergeblich.

Dafür sollte ich am nächsten Abend einen um so unerwarteteren Besuch empfangen. Denn nachdem ich erst einen leisen Tritt auf dem Vorplatz, dann ein schüchternes Pochen an meiner Thür vernommen, trat eine schwarz verschleierte weibliche Gestalt ein, in welcher ich sofort Bärbel erkannte. Ich empfing sie erschreckt und mit Worten des Erstaunens,

sie aber sank auf einen Stuhl neben der Thüre nieder, der Sprache kaum mächtig. „Ja, ja, ich bin's!" sagte sie nach einigen Augenblicken. „Ich wußte mir keinen andern Rath. Ansgars Wohnung in der Stadt weiß ich gar nicht, obgleich ich zu ihm wollte, aber die Ihrige hatten Sie öfter genannt, ich konnte mich herfragen."
— „Aber Bärbel — Frau Baronin!" verbesserte ich mich, wie es nur zu oft geschah — „was treibt Sie allein nach der Stadt?"
„Meine Angst treibt mich!" rief sie. „Ich halt es allein nicht aus. Höchstens zwei Tage wollte er außen bleiben, am dritten schrieb er mir kurz, er könnte noch nicht zurückkehren. Seitdem sind ganze acht Tage vergangen, und er hat nicht geschrieben. Es muß etwas vorgehen — vor dem ich mich zu fürchten habe! Ach, er ist so verändert von seiner Reise zurückgekehrt. Keine Freude mehr in ihm, kein Glück! Er schlief nicht mehr, er hatte bei Tage keine Rast, er konnte mein

frohes Gesicht nicht mehr ertragen! Gott im Himmel — hätte er mich doch nicht geheirathet! Ihm wäre besser ohne mich!" Ein Strom von Thränen erstickte ihre Stimme, sie brach in ein Schluchzen aus, von dessen Jammer ich im Innersten ergriffen wurde. Ich schlug ihr vor, inzwischen in meiner Stube auszuruhen; ich wollte selbst einen Rundlauf thun, um ihren Gatten aufzusuchen. Jetzt aber überkam sie eine neue Furcht. Sie machte sich Vorwürfe, ihr Asyl verlassen zu haben; Ansgar könnte unzufrieden mit ihrem Ueberfall sein, derselbe könnte ihm Unannehmlichkeiten bereiten. Wir waren noch zu keinem Entschluß gelangt, was zu thun sei, als ich unten im Hause laute Stimmen vernahm, die nach mir fragten, gleich darauf ein Gepolter die Stiege herauf. „Es kommen Leute zu Ihnen!" rief die junge Frau erschreckt. „Kann ich da hinaus?" Hastig lief sie auf die nächste Thüre zu und verschwand durch dieselbe. Ein größerer Schreck erfaßte mich). Es war meine dunkle Schlafkammer, in der die Baronin sich verborgen hatte! Aber nun galt es Fassung und Geistesgegenwart.

Gleich darauf traten zwei junge Männer bei mir ein. Den Einen erkannte ich als den Grafen S., der Andere, ebenfalls ein Kamerad Ansgars, wurde mir erst vorgestellt. „Wir überfallen Sie im Auftrage Ihres und unseres Freundes," begann der Graf. „Er hat nothwendig mit Ihnen zu sprechen und wollte bestimmt wissen, ob Sie zu dieser Stunde zu Hause wären. Denn er hat keine Zeit zu verlieren. Sie erlauben, daß ich inzwischen hier bleibe, während mein Begleiter unseren Freund holen geht." Der Andere ging, während der Graf auf meine Einladung Platz nahm. „Haben wir nicht doch Recht gehabt mit unserer Hiobspost!" begann er. „Alles hat der arme Kerl verloren, Alles! Zu Ihnen, der Sie ihm so nahe stehen, darf man ja reden, was man gegen Andere gern unberührt läßt. Aber der Verlust des Besitzthums und Vermögens ließe sich verschmerzen, wenn auch schwer, bei Ansgars Bedürfnissen — er hätte sich eben durchschlagen und arbeiten müssen. Gescheit genug ist er, um etwas Tüchtiges in der Welt zu werden. Das ist nun auch so gut wie verdorben durch diese unglückselige, tolle, wahnsinnige Heirath!" —

Ich saß in großer Verlegenheit, denn der Graf sprach so laut, daß Bärbel jedes Wort hören mußte. „Hätte er nur einen gewöhnlichen dummen Streich gemacht — nun, schön wär's nicht gewesen und Verlegenheiten hätte es bringen können, aber es war doch eine Abhilfe denkbar. Das ist jetzt unmöglich. Was er uns verhehlt hatte, mußte er uns denn wohl bekennen auf das niederträchtige Vorgehen jenes Serbiers — nun Sie werden den Verfolg ja gleich von ihm selbst erfahren. Wir konnten ihm auf sein Geständniß unsere

Ansicht nicht verhehlen, und ich denke mir, Sie sind einverstanden, daß er sich durch diese Abenteuerlichkeit für's Leben unglücklich gemacht hat. Ja, unglücklich, elend für's ganze Leben! Und unglücklich wird auch das arme Mädchen — oder vielmehr seine Frau. Sie soll gescheit sein, um so mehr wird sie's einsehen und empfinden!" So redete er fort, ohne daß ich auch nur Miene machen durfte, ihn zum Schweigen zu bringen.

Endlich kam Ansgar, und auch der Graf behielt seinen Platz. „Humbert," begann der Freund, „es soll morgen Etwas vorgehen, was Du vermuthlich mißbilligen wirst, welches aber keiner Debatte über das Für und Wider mehr zu unterwerfen ist. Ich werde morgen früh dem Serbier Rudnik mit der Pistole gegenüber stehen."

Nun denke man sich meine Lage! In meiner Kammer saß die Gattin meines Freundes, welche dies Alles anhören mußte.

Ich erwartete in jedem Augenblicke, daß Bärbel hervorstürzen und die schreckliche Eröffnung unterbrechen würde. Ansgar fuhr fort: „Der Schuft hat sich öffentlich in Wirthshäusern gerühmt, die Gunst Bärbels früher genossen zu haben, als ich. Er hat geprahlt, auch Dich bei ihr gefunden zu haben — ruhig, ereifere Dich nicht! Zwischen uns wäre es Unsinn. Und fange nur Du nicht auch noch Krakehl mit ihm an! Ich hoffe, es soll in Einem hingehen. Er hat die Ehre meiner Frau verletzt, so habe ich meine Heirath eingestanden, und es ist gut so. Ich habe ihn gefordert, morgen früh soll es vor sich gehen, und zwar unter unserem Baume, draußen — Du weißt ja! Mir war der Ort anfangs nicht recht, er ist aber doch bequem gewählt. Die Wagen können auf der anderen Seite des Berges gut warten, und kriege ich Etwas ab, so — habt Ihr nicht weit mit mir bis zu meiner Wohnung in Birkenau. Und nun, Humbert, kommt Dein Amt! Bei der Action will ich Dich nicht haben, Dir kann aber viel — viel für mich zu thun bleiben!" Ansgar hatte bisher mit erzwungener Kälte und Bestimmtheit gesprochen, jetzt aber brach seine innere Bewegung sich Bahn und klang auch durch seine Stimme. „Ich darf Bärbel bis morgen nicht wiedersehen. Wir fahren mit dem Frühsten von hier ab — sie soll Nichts erfahren, als bis es vorüber ist. Und wie ich dann auch zu ihr komme, auf eigenen Füßen, oder — sonst wie — ich bitte Dich, sei Du gegenwärtig, sei und bleibe in ihrer Nähe! Fahre noch heute hinüber, damit Du morgen rechtzeitig da sein kannst! Sie wird — o Du mein armes, armes Bärbel!" Der Schmerz erstickte seine Stimme, er warf sich mit Kopf und Armen auf den Tisch und ein schwerer Kampf schütterte durch seinen Körper.

Sein Gefährte, sichtlich ergriffen aber mit erheucheltem Unwillen, stand auf, schritt einmal durch das Zimmer, trat neben ihn, und ihn an der Schulter rüttelnd rief er: „Fasse Dich! Diese Aufregung darf nicht sein! Du brauchst Deine ganze Spannkraft. Wir haben Dir versichert, daß, im schlimmsten Falle, für Deine Frau gesorgt werden soll, und ich wiederhole es Dir! Wenn Herr Humbert heut noch hinüberfahren soll, so muß er bald Anstalt machen. Also komm!". Ansgar erhob sich, umarmte mich, und schritt schweigend nach der Thür. „Um welche Stunde morgen früh?" fragte ich leise den Grafen. „Um sieben Uhr," entgegnete er, indem er dem Freunde folgte.

Ich war allein im Zimmer, und mit angehaltenem Athem lauschte ich, bis der letzte Tritt draußen verhallt und es im Hause still schien. Dann wagte ich es, leise an die Kammerthür zu pochen. Ich fürchtete, eine Ohnmächtige darin zu finden, aber ganz auf= recht trat die junge Frau hervor, zwar todes= blaß, doch mit wahrhaft heldenmüthiger

Fassung. „Kommen Sie nur, daß wir den Zug nicht verfehlen!" sagte sie. „Auch wir müssen morgen zeitig auf dem Platze sein." — „Was haben Sie Alles hören müssen!" rief ich. — „Ich habe nur mit Worten gehört, was ich mir ungefähr so gedacht habe. Jetzt lassen Sie uns nur eilen, da Sie doch auch werden dabei sein wollen!" — „Bärbel, Sie denken doch nicht daran, sich selbst an Ort und Stelle zu begeben, etwa eingreifen zu wollen —?"

„Was könnt' ich hindern?" entgegnete sie. „Wenn sie so etwas vorhaben mit Waffen, das hat mir der Ansgar selbst gesagt, da könnte der Herrgott vom Himmel herunter kommen und Einspruch thun, er thät sie nicht zwingen! Aber dabei will ich sein, ganz versteckt, er soll durch meinen Anblick nicht von der Sache gelenkt werden, ja, dabei will ich doch sein! Und wenn es geschähe, daß er — Ach Gott! Ach Gott! Ein einziges Mal hätte

ich ihm gerne noch in die Augen gesehen!"
Der Schmerz siegte über ihre Kraft, sie schien
einige Minuten ganz außer sich. Dann aber
fuhr sie gefaßter fort: "Um mich soll er sich
nicht grämen! Ob er stirbt oder leben bleibt,
ich weiß, was aus mir werden muß. Sein
Unglück will ich nicht sein." — "Bärbel, was
reden Sie!" unterbrach ich die Unglückliche.
"Ja, es bleibt auch künftig genug Zeit dazu!"
entgegnete sie. "Nur jetzt fort, daß wir nicht
zu spät kommen!" —

Wer könnte eine Nacht, wie die nun
folgende, jemals vergessen? Wir fuhren schwei=
gend nach Birkenau und trennten uns ohne
viele Worte. Ich nahm diesmal meinen Platz
an einem Fenster des kleinen Hauses, um
früh bei der Hand zu sein. Es war die
Schlafkammer des Heiner, welcher uns spät
empfangen hatte, während seine Mutter schon
zu Bette gegangen war. Er wollte mir seine
Lagerstätte abtreten und sich sonstwo unter=

bringen, ich aber zog einen Schemel vor, da mir der Schlaf fern zu liegen schien. Um ihm mein sonderbares Begehren begreiflich zu machen, hatte ich ihm einen Wink gegeben über das, was bevorstand. Bekannt mußte es morgen ja doch werden, es mochte nun aus= fallen wie es wollte. Trotz seines Erstaunens lag er bald im festen Schlafe. Draußen aber stürmte der Herbstwind und machte den Wald rauschen und sausen. Hielt das Buchenlaub ihm noch Stand, so riß er die Blätter von den Gartenbäumen und warf sie, gemischt mit prasselndem Regen gegen die Fensterscheiben. Bald machte er die Natur in der Umgebung ächzen unter seinem Toben, bald flog er, weit= hin durch das Thal heulend, in die Ferne, um rückkehrend an Dach und First zu rütteln. Er zerriß die Wolken, daß helle Licht= streifen dazwischen kenntlich wurden, bis er sie wiederzusammenballte und seine Flügel durch die undurchdringliche Finsterniß regte. Es mochte zwei Uhr sein, als ich im Hause eine Thür gehen hörte. Leise öffnete ich die meinige und lauschte hinaus. „Ach, es ist gut, Sie schlafen nicht!" hörte ich Bärbel sagen. „Es muß bald Zeit sein!" Ich gab ihr die Stunde an und bat sie, sich noch zurück zu halten. Der Wind legte sich gegen Morgen, mir fielen die Augen zu, ich hatte trotz aller Aufregung gegen den Schlaf zu kämpfen. Doch besiegte ich die Müdigkeit, öffnete leise die Thüren und trat hinaus in die Luft. Sie war kalt und feucht, der Tag graute, ich hörte die Hähne krähen. Das Thal lag ganz vom Nebel eingehüllt. Die schreckliche Stunde nahte heran, und ich dachte, daß es besser wäre, wenn wir sie verpaßten. Bald war es Zeit, aufzubrechen, aber die junge Frau regte sich nicht. Da erschien sie am Fenster, sich das Scheitelhaar zurückstreichend. Sie kam heraus. „Heiliger Gott!" rief sie angstvoll: „Ich war eingeschlafen! Wie konnte ich schlafen?

Wenn es nur nicht zu spät ist!" Wir rüsteten uns zu dem traurigen Gange durch das Nebelgrauen. Die Wege waren von mehrtägigem Regen feucht, zum Theil fast grundlos geworden, höchst beschwerlich für die zu Berge Steigenden. Aber die junge Frau wollte von keinem Hinderniß wissen. Athemlos kamen wir auf der Höhe an. Das Tageslicht hatte über das feuchte Grau der Luft gesiegt, und oben im Walde hing der Dunst nur in dünnen Schleiern um Zweige und Gesträuche. Unsere Schritte beflügelten sich, je näher wir dem verwachsenen Baumgange kamen. Jetzt sahen wir am Ende desselben Gestalten, hörten vereinzelte Worte. Bärbel preßte die Hand auf das Herz, die Kräfte schienen ihr zu versagen. Plötzlich krachten zwei Schüsse, fast zu gleicher Zeit. Ich sah eine Gestalt taumeln und hart zu Boden fallen. Die andere (es war Ansgar) stand aufrecht, thaten ein Schritt, wankte und wurde von den Armen der Anderen aufgefangen. Da stürzte Bärbel mit einem Schrei hervor, flog nach dem Baume zu, unter welchem man Ansgar niedergelassen hatte, und warf sich neben ihn auf die Kniee. Die Umstehenden ergriffen von diesem unerwarteten Zwischen=fall, wichen einen Augenblick zurück, während der Arzt den Verwundeten untersuchte. Er erwachte aus einer Betäubung und richtete die Augen auf sein armes, junges Weib, so trost=los, so aus dem Innersten schmerzlich, daß ich mich abwenden mußte. Aber sie war tapfer, störte den Arzt nicht bei seinen vor=läufigen Anordnungen, folgte abwechselnd den Händen desselben, als wollte sie seine Kunst studiren, und hing wieder an den bleichen Zügen des Geliebten.

Inzwischen hatte auf der andern Gruppe der zweite Arzt den Tod des Gefallenen fest=gestellt. Alexius Rudnik war durch die Kugel seines Gegners in das Herz getroffen. Die

Secundanten beider Parteien sprachen noch einige Worte, dann trugen die Serbier ihren Todten nach dem nicht weit entfernten verschlossenen Wagen. Der Weg führte über den breiten Rücken des Berges durch den Wald und mündete in die Bergstraße. Der schnelleren Fahrt auf der Eisenbahn bediente man sich nicht, um Aufsehen zu vermeiden. Nicht so leicht hatten wir es, unsern schwer Verwundeten nach dem nahen Birkenau zu schaffen. Zwar war Ansgar mit seiner Partei auch zu Wagen gekommen, dieser aber hätte einen endlosen Umweg nehmen müssen, ohne doch bis vor die Wohnung der jungen Leute fahren zu können. Ob im Orte eine Tragbahre so schnell zu erreichen sein würde, war zweifelhaft. Ansgar hörte diese Verhandlungen, strengte seine Kräfte an, suchte sich zu erheben und erklärte mit voller Stimme, daß er gehen werde. Der Versuch mißlang. Es blieb nichts Anderes übrig, als den jetzt von einer Ohnmacht Hingenommenen zu tragen. Man holte aus dem Wagen die Kissen, es fanden sich ein paar Stricke im Verwahrsam des Kutschers, und so wurde eine Art von Bahre für den Verwundeten hergestellt. Ich schritt mit dem Arzte voran, den schweigenden Zug auf dem kürzesten Wege anführend. Er war mühselig und auf dem schlüpfrigen Abstieg des Berges überaus anstrengend. Alle athmeten auf, als wir endlich am Ziele angelangt und Ansgar auf das Lager gebettet war. Hier war Bärbel nun an ihrem Platze. „Wird er leben?" fragte sie leise den Arzt. „Wir wollen die Hoffnung nicht aufgeben!" entgegnete dieser, indem er sich um den Kranken beschäftigte. Da Bärbel jede Handreichung selbst übernahm, ging ich einen Augenblick hinaus.

Die Kameraden Ansgars schritten und standen in dem feuchten Gärtchen fröstelnd umher, Graf S. saß auf einer Bank zwischen zerrissenen Sonnenblumen und welken hohen Malven, stumm brütend mit dem Stock im Boden wühlend. Ich trat zu ihm. Er erhob sich: „Wir haben in dieser Stunde hier nichts mehr zu thun," begann er, „und wollen nun gehen. Ich bleibe heute bestimmt noch in Birkenau. Im Uebrigen bitte ich, wenden Sie sich in Allem, was unsern Freund betrifft, nur an mich. Ich will in einer Stunde wieder vorsprechen." Er winkte seinen Kameraden, welche denn bereit waren, ihre Lebensgeister im Wirthshause wieder aufzufrischen, und ich schickte den Heiner mit den Wagenkissennach, da der Kutscher dort erwartet wurde. —

Ich übergehe das Aufsehen, welches dieser Fall in Heidelberg machte, dessen Einzelheiten nun erst zur öffentlichen Kenntniß kamen; ich lasse die gerichtlichen Untersuchungen bei Seite, welche sich daran knüpften. Alexius Rudnik wurde mit größtem Gepränge von seinen Landsleuten zu Grabe geführt, viele andere

Studenten, vorwiegend Ausländer, betheiligten sich daran. Ich erfuhr jetzt erst, daß er von sehr vornehmem und reichem Hause stammte. — Gern möchte ich auch die Stunden und Tage mit Schweigen übergehen, welche wir am Krankenlager unseres Freundes zubrachten. Ansgar lebte noch Tage lang, zum Trost seines immer um ihn geschäftigen Weibes, zu seiner eigenen Verzweiflung. So jung vom Leben scheiden zu müssen, war hart; leben bleiben, vielleicht mit dauerndem Siechthum behaftet, einem Dasein der Entbehrung entgegen zu gehen, das war noch härter. Solche Gedanken las ich in seinen Augen. Aber willig und freundlich fügte er sich in Alles, was Bärbel zu seiner Pflege anordnete. Es verschlug nichts mehr, und als er am Abend des vierten Tages starb, begrüßte ich das Ende dieser Qualen. Aber es überrieselte mich, als Bärbel sich nach einer Weile von ihren Knieen erhob, und trocknen Auges, mit sichrer Stimme sagte: „Ich weiß, daß ich noch eine Weile ohne ihn leben muß — so geschehe Gottes Wille!"

Anêgars Kameraden wollten den Verstorbenen nach Heidelberg schaffen und mit gleicher Schaustellung zu Grabe geleiten, wie es mit Alexius geschehen war. Bärbel aber that Einsprache. „Er ist mein!" sagte sie; hier soll er begraben sein, wo ich wohnen bleibe!" Man sah endlich ein, daß es so am Besten sei. Doch ließ sich die Verbindung nicht nehmen, die Leichenfeier in Birkenau mit vollständiger Betheiligung zu begehen. Graf S. hielt sein Wort: Eine ansehnliche Summe wurde vorerst der „Baronin Wittwe" zugestellt, und von ihr, auf meine Ueberredung, angenommen. Denn sie war ganz mittellos und hatte sich noch auf harte Tage zu rüsten.

Es mochte eine Woche vergangen sein, seit ich in meiner Studentenstube wieder angelangt war, in der so ernst Erschütterndes gesprochen und erlebt worden war. Da erhielt ich einen unerwarteten Besuch. Der Löwenwirth aus Heiligenkreuz-Steinach und seine Frau erschienen bei mir, um sich nach Bärbel zu erkundigen. Die Nachricht von den Unglücksfällen war auch zu ihnen gedrungen. Sie hatten gehört, daß Bärbel verheirathet gewesen, daß sie einer ungesicherten Zukunft entgegen sehe. Mochte der Löwenwirth einst von der Entflohenen nichts mehr wissen, jetzt war er bereit, der unglücklichen jungen Wittwe sein Haus und seine Hilfe wieder zu bieten. Sie fuhren, nachdem ich ihnen den Stand der Verhältnisse Bärbels bestätigt hatte, zu ihr hinaus, konnten es aber nicht über sie gewinnen, den Ort, wo sie kurze Zeit glücklich gewesen und wo jetzt das Grab ihres Gatten lag, zu verlassen.

Inzwischen setzte ich mich mit der Familie Ansgars, über die ich durch den Grafen S. noch näheren Aufschluß erhielt, in Verbindung. Ich meldete seinen Tod, seine Verheirathung, und gab den Verwandten anheim, sich der jungen Wittwe anzunehmen. Die Briefe, welche ich von dorher erhielt, sprachen die Ablehnung in einem Tone aus, daß ich jede weitere Vermittelung wohl aufgeben mußte. Graf S. zuckte die Schultern und wollte nichts Anderes erwartet haben. Ich war mit ihm und den übrigen Genossen Ansgars jetzt häufig zusammen, und manche dauernde Beziehung ist mir aus jener Zeit geblieben. Hatten diese jungen Männer die Verheirathung Ansgars unbedingt mißbilligt und hart beurtheilt, so hielten sie nach seinem Tode ihr Wort, sich seiner unglücklichen Gattin anzunehmen.

Ich will, ohne viel Betrachtungen oder Darlegung meiner eigenen Empfindungen von damals, dem Ende der Geschichte entgegen eilen. Im Frühjahr wurde Bärbel Mutter eines Knaben, dessen Geburt ihr das Leben kostete. Wir begruben sie neben ihrem Gatten.

Der Knabe durfte als legitimer Sohn den Namen seines Vaters tragen, und so tauften wir ihn auf denselben: Ansgar von Hohnstein. Graf S. nebst mehreren Verbindungsbrüdern, und ich, vertraten Pathenstelle, und zugleich wurde eine Summe für die Unterhaltung zusammen gebracht. Es war eine merkwürdige Studententaufe, welche damals in Birkenau stattfand! Eine Feier, welche nicht ohne den gebührenden Ernst verlief, aber eines gewissen Humors auch nicht ermangeln konnte! — Jetzt war uns das Anerbieten der Löwenwirthin, welche sich schon vor der Geburt des Kindes eingefunden hatte, den Knaben zu sich zu nehmen und für's Erste in ihrem Hause aufzuziehen, sehr willkommen.

Später nahm ich ihn, mit Uebereinstimmung seiner übrigen Pathen, welche mir in ihren Mitteln behilflich blieben, in meine Nähe. Nach meiner Verheirathung hat er Jahre lang in meinem Hause gelebt, meine

Frau nannte ihn gern ihren ältesten Sohn. Wir dürfen stolz sein auf die Erfolge unserer Erziehung! Von seinem Vater erbte er die Gestalt und auch wohl einige Aehnlichkeit der Gesichtszüge; in seinem Charakter liegt mehr von dem seiner Mutter; Alles in Allem hat er nichts von dem, was Beide ihrem Unheil zutrieb; er ist ein Charakter und eine tüchtige Natur für sich. Du und Ihr Andern kennt ihn ja, denn ich brauche nicht hinzuzufügen, daß ich von meinem jungen Reisegefährten spreche, welchen ich Euch zugeführt habe. Er hatte doch auch endlich von seinen Eltern das Nähere erfahren müssen, und so war schon seit Jahren sein Wunsch die Stätten, wo sie gelebt und so jung ihre Gräber gefunden, kennen zu lernen. Da er dazu meine Gesell= schaft wünschte, der ich ihm freilich der kundigste Führer dort sein konnte, wurde die Reise immer wieder hinausgeschoben. In diesem Sommer endlich war es möglich, unsere

Reiseziele zu vereinigen. Wir trafen in Heidelberg zusammen. Von dort begaben wir uns nach Heiligenkreuz=Steinach, an das sich noch einige Kindheitserinnerungen meines Gefährten knüpften. Die beiden Alten sind gestorben, der Peter ist jetzt Löwenwirth und seit lange auch bereits Löwenvater. Darauf besuchten wir Birkenau. Die alte Frau, fast achtzig Jahr alt, lebt noch, der Heiner hat erwachsene Töchter, das Häuschen ist durch einen Anbau erweitert worden. Vom Kirchhofe aus, wo die beiden Gräber zwischen wuchernd aufgeschossenem Hollundergesträuch kaum aufzufinden waren, stiegen wir hinauf zum Walde, wo die alte Buche noch hoch und kräftig steht, und der Blick hinüber zu dem grünen Bergrücken der gleiche geblieben ist. Hier auf den Steinen, bei welchen der Freund einst in schwerer Stunde niedergelegt wurde, ruhten wir aus, um unsere Pilgerfahrt zu beschließen.

Das ist die Geschichte von meinem Baum im Odenwalde."

Der Erzähler schwieg, und ohne Worte gingen die Männer eine Weile neben einander her. Sie hatten inzwischen den Rückweg nach Jugenheim angetreten, die Abenddämmerung legte sich über die Berge und die breite, fruchtbare Rheinebene. — Nach einer Weile fuhr Humbert fort: „Mein junger Reisegefährte, Ansgar von Hohnstein, ist nicht immer so gemessen und zurückhaltend, wie Ihr ihn bis jetzt kennen gelernt habt. Die Eindrücke unserer Wanderung sind es, die ihn ernster gestimmt haben. Und weshalb ich Dir, mein lieber Schwager, das Alles so ausführlich erzählt habe? Erstlich, weil es mir Bedürfniß war, die alten Erinnerungen, die ich an den Plätzen des Odenwaldes wieder habe an mir vorübergehen lassen, einmal auszukramen; dann aber, weil ich für gut hielt, Dich damit bekannt zu machen, für den Fall, daß es mit dem jungen

Hohnstein und Deiner Clara — richtig werden sollte, was mir denn alle Tage wahrscheinlicher wird."

"Sie sind beide noch sehr jung!" entgegnete Claras Vater.

"Nun ja, und ich denke auch nicht heute schon den Brautwerber zu machen," rief Humbert. "Gleichwohl, der junge Mann ist bereits „in Amt und Würden", man hat ein aufmerksames Auge auf seine Begabung und Kenntnisse gerichtet, eine schnelle und vielleicht bedeutende Laufbahn ist ihm voraus zu sagen. Sprich einmal mit Deiner Frau, sie wird wohl schon mehr wissen, als wir Beide. Aber horch! Da kommt ja unsere junge Schaar mit Gesang den Bergweg herunter. „Es steht ein Baum im Odenwald —" richtig, schon wieder das alte Lied. Ei, und Ansgar singt es ja schallend und sehr angelegentlich mit! Nun, so will auch ich das Lied wieder mit Gelassenheit anhören!"